periscopi

LES LLÀGRIMES DE SHIVA

PREMI EDEBÉ DE LITERATURA JUVENIL

CÉSAR MALLORQUÍ

LES LLÀGRIMES DE SHIVA

PREMI EDEBÉ
DE LITERATURA
JUVENIL

edebé

Obra guanyadora del Premi Edebé de Literatura Juvenil, segons la resolució del Jurat compost per: Teresa Colomer, Anna Gasol, J. Antonio Montull, Rosa Navarro i Robert Saladrigas. Ha actuat com a secretària, sense veu ni vot, Elena Valencia.

Títol original: *Las Lágrimas de Shiva.*

Passeig de Sant Joan Bosco, 62
08017 Barcelona
www.edebe.com

Directora de la col·lecció: Reina Duarte
Disseny de les cobertes: César Farrés
Il·lustracions: Paco Giménez
Fotografia: Cover
Traducció: Elisenda Vergés

7a edició

ISBN 978-84-236-7900-3
Dipòsit Legal: B. 17960-2007
Imprès a Espanya
Printed in Spain
A&M Grafic, S.L.

Aquest llibre està dedicat a
Isabel González Lectte i Antonio Martínez;
o el que és el mateix, a Patricia Montes
i César Torres, els meus dos santanderins preferits,
els meus estimats amics de sempre.

Índex

Diuen que cada nou matí ens porta mil roses; sí, però, on són els pètals de la rosa d'ahir?

Omar Khayyam

1. El bacil de Koch

Una vegada, ja fa molt de temps, vaig veure un fantasma.

Sí, un espectre, una aparició, un esperit; ho podem anomenar com vulguem, el cas és que el vaig veure. Va ocórrer el mateix any que l'home va arribar a la Lluna; i, tot i que va haver-hi moments en què vaig passar por (molta por, si hem de ser francs), aquesta història no és el que se sol denominar una novel·la de terror.

Tot va començar amb un enigma: el misteri d'un objecte molt valuós que va estar perdut durant set dècades. Les Llàgrimes de Shiva, així es coneixia aquell objecte extraviat. Al seu voltant, va haver-hi venjances creuades, i amors prohibits, i estranyes desaparicions. Va haver-hi un fantasma, sí, i un vell secret amagat en les ombres, però també va haver-hi molt més.

De vegades, sense saber molt bé per què, succeeixen coses que ens canvien per dins i ens fan veure el món d'una altra manera. Sovint, es tracta de successos trivials, esdeveniments als quals, quan es produeixen, amb prou feines els donem cap valor, però que a la llarga acaben adquirint una inesperada transcendència. Això va ser el que va passar quan el meu pare va caure malalt.

Un ésser microscòpic, el bacil descobert per un alemany anomenat Robert Koch, va desencadenar la cadena d'esdeveniments que acabarien conduint a aquell estiu de 1969. I aquell estiu va ser molt especial: el pare va emmalaltir, jo me'n vaig anar de casa, l'home va arribar a la Lluna, vaig veure un fantasma i vaig desxifrar un antic misteri. Sí, van passar moltes coses aquell any, però el més important de tot va ser conèixer a elles. «Les quatre flors», així les anomenava la seva mare: la Rosa, la Margarita, la Violeta i l'Azucena, les meves cosines. Elles em van ensenyar un món secret i íntim, una realitat pròxima i quotidiana, però que fins aleshores m'havia estat totalment aliena.

Tot va passar fa molt, és clar. Aleshores no hi havia ordinadors personals, ni videojocs, ni televisió per satèl·lit... Si hem de ser francs, no hi havia ni televisió en color. Era una època diferent, un temps de canvis, almenys més enllà de les nostres fronteres. En altres països, els estudiants sortien al carrer per exigir un món millor, els *hippies* guarnien amb flors els seus cabells llargs, les dones reclamaven els mateixos drets que els homes, els joves es manifestaven contra la guerra del Vietnam, les noies portaven minifaldilla i biquini, els nois imitaven Paul, John, George i Ringo.

Això passava a França, a Anglaterra o als Estats Units, però a Espanya les coses eren diferents. Hi havia una dictadura; el vell general Franco encara controlava amb mà de ferro tot el que passava al país, dictant (era un dictador) allò que podíem o no podíem fer, veure o dir. Mentre el món bullia de creativitat i idees noves, Espanya dormia una llarga migdiada que ja durava trenta anys i de la qual semblava que no es despertaria mai. És clar que jo, aleshores, no n'era gaire conscient, de tot allò. A casa mai no parlàvem de política (ningú no ho feia al país, almenys en veu alta i sense por), i crec que no em vaig adonar de com n'eren, d'injustes, les coses fins que la Margarita m'ensenyà el sentit de la paraula *llibertat*.

Però no és de política del que vull parlar, sinó d'un fantasma, de desaparicions misterioses, d'una tomba buida, de velles renyines familiars i d'un secret llargament amagat.

* * *

El pare es va posar malalt a començament d'any, poc després de Nadal. Feia temps que no es trobava bé (tossia molt i li feia mal el pit), però, al pare, l'horroritzaven els hospitals i em sembla que, si no hagués estat per la insistència de la mare, mai no hagués anat a la consulta del metge. El cas és que acabà anant-hi, i el metge, després d'unes quantes anàlisis, li diagnosticà tuberculosi. Afortunadament, la malaltia havia estat detectada a temps i tenia fàcil guariment, tot i que el tractament seria llarg.

A la darreria de gener, el pare va ingressar en un sanatori situat a la muntanya, a uns seixanta quilòmetres de Madrid. L'aire pur de les muntanyes era, pel que es veu, molt adient perquè es restablís, i aquest fou el motiu pel qual va estar-se cinc mesos fora de casa. El vaig enyorar molt, ja que per evitar que ens encomanés la malaltia ni el meu germà ni jo podíem anar-lo a veure i, encara que parlàvem amb ell per telèfon, esperàvem amb impaciència la seva tornada. Tanmateix, quan es va fer efectiva, jo no hi era per a rebre'l.

La mare el visitava dos cops per setmana, els dijous i els dissabtes. Quan ens deixava al meu germà Alberto i a mi a l'escola, s'asseia al volant del seu Siscents i posava rumb a la muntanya, tornava a darrera hora de la tarda, havia passat tot el dia a la clínica.

Un dijous, a mitjan juny, la mare va tornar a casa una mica abans de l'habitual i ens va reunir a la sala d'estar per comunicar-nos una cosa molt important:

—El pare està molt millor. Tornarà a casa a finals de mes.

Tant el meu germà com jo vam rebre la notícia amb alegria, però la mare, en lloc d'unir-se al nostre entusiasme, va romandre silenciosa i circumspecta. Al cap d'uns segons, anuncià:

—Hi ha un petit problema. El pare encara no està restablert del tot, així que encara hi ha risc de contagi —va fer una pausa i va continuar—: N'hem estat parlant i hem decidit que passareu l'estiu fora de casa. Tu, Alberto, viuràs amb l'oncle Esteban. I tu, Javier, aniràs a casa de la tieta Adela.

Em vaig quedar amb la boca oberta, vaig passar de la sorpresa a l'horror en gairebé un segon. L'oncle Esteban era germà del pare i vivia a Madrid amb la seva muller i els seus tres fills, tots nois. Però la tieta Adela...

—Però la tieta Adela viu a Santander! —vaig protestar.

La mare em va dedicar un somriure; tot i que, darrere l'expressió afable del seu rostre, vaig poder endevinar una infrangible determinació. Sens dubte, ella sabia que jo protestaria i, sens dubte també, no estava disposada a afluixar la corda.

—Santander és una ciutat maquíssima —va dir—, i hi podràs anar a la platja tot l'estiu. A més, la meva germana té quatre fills...

—Quatre filles —la vaig corregir, tot posant molt èmfasi en la *e* de la darrera síl·laba.

—Sí, quatre filles. Precisament una d'elles, la Violeta, és de la teva edat; tindràs una amigueta per a jugar.

Li podria haver dit que ja era massa gran per jugar amb algú, i menys amb una noia; li podria haver dit que la idea de tenir una «amigueta» m'importava un rave; li podria haver dit que estava fart de ser l'últim mico de la família... Sí, li podria haver dit tot això, però no ho vaig fer, perquè sabia que era inútil.

—Per què no vaig també jo a casa l'oncle Esteban? —vaig preguntar amb desànim—. Així no hauria d'anar-me'n de Madrid i podria estar amb l'Alberto.

—A casa l'oncle Esteban només hi ha un llit lliure —va respondre la mare en to pacient.

—Bé, i per què me n'he d'anar jo? Per què no se'n va l'Alberto a Santander i jo em quedo a Madrid?

La mare sospirà.

—Perquè l'Alberto és massa gran per viure a casa de la tieta Adela.

Massa gran? L'Alberto faria disset anys al juliol, i jo ja en tenia quinze; tampoc no era tanta la diferència.

—I què hi té a veure, que sigui més gran? No ho entenc.

—Ja ho entendràs d'aquí a uns anys.

—Però...

La mare va moure el cap i va encreuar els braços.

—No insisteixis més, Javier; el pare i jo ho hem estat discutint llargament i ja hem pres una decisió. Quan acabis el curs, aniràs a casa de la meva germana. I, creu-me, passaràs el millor estiu de la teva vida. Ara, torneu a la vostra habitació i continueu estudiant, que a mi encara em queden un munt de coses per fer.

Vaig estar a punt de protestar, de dir-li l'injusta i arbitrària que em semblava aquella decisió, però tota intenció de rebel·lia estava condemnada al fracàs, perquè, a la mare, quan se li posava una cosa al cap, era senzillament impossible fer-li canviar d'idea. Així que vaig adoptar la meva millor expressió de dignitat ofesa i me'n vaig anar, amb l'Alberto, cap a l'habitació.

* * *

—Quina sort que tens, cabró! —m'engegà el meu germà en entrar a l'habitació.

El vaig mirar amb suspicàcia. Em vacil·lava? Una de les ocupacions principals de l'Alberto era fer-me la vida impossible; tanmateix, ara semblava sincer, com si realment em tingués enveja.

—Quina sort que tens tu —vaig replicar—. Et quedes a Madrid i a mi m'envien a la quinta forca.

L'Alberto va moure el cap d'un costat a l'altre, com si jo fos un cas perdut i ell un pou de saviesa.

—Ets més infantil que un quilo de tebeos —va remugar en to despectiu—. Per què diu la mare que sóc massa gran per anar a viure a casa de la tieta Adela?

—I què sé jo...

—Doncs, perquè aquella casa és plena de ties, tros d'ase. Les germanetes Obregón, les nostres cosines. Fa cinc anys ens vam estar a Santander, és que no les recordes?

Vaig provar de fer memòria, però tan sols vaig poder evocar una confusa imatge plena de trenes, correctors dentals i sabates de xarol.

—Eren unes nenes —vaig objectar.

—Sí, ho eren; fa cinc anys. Però han crescut, tros de subnormal, i ara tenen pit, cul i, bé, tot el que s'ha de tenir. A més, he vist unes fotos recents —va moure les celles amunt i avall, amb aire de complicitat—. La gran està boníssima; per a sucar-hi pa, xaval. I la que la segueix també està massissa. Porta ulleres, però se les treu i sembla una sueca. Fins i tot la que té la teva edat està bona. Una mica plana, però guapa. I la petita... Bé, encara és molt petita, però les altres estan per menjar-se-les. Per això no vol la mare que jo visqui allí. Seria com posar un gall en un galliner —sospirà—. I per això hi vas tu, imbècil, perquè ets una criatura i no sabries ni trobar-te la pixa en una habitació fosca —va arronsar les espatlles—. Però potser les enxampes amb calces. Escolta, si les veus en pilotes, pren nota, xaval, que després m'ho has d'explicar amb detall...

El meu germà vivia en permanent estat de luxúria. Era verge, per descomptat, i tenia tanta experiència en matèria de dones com un beduí fent esquí de fons. Però hi estava obsessionat, quatre de cada tres pensaments els dedicava al sexe.

—Ets un porc —li vaig dir.

—Sí, un bacó —va assentir amb un somriure satisfet—. I tu un encantat. És clar, Déu dóna mocador a qui no té mocs. Apa, nen, vés a jugar amb els Madelman.

L'Alberto em va mirar amb menyspreu. Després, desfent-se de mi, es va asseure davant la taula i, havent espantat els lascius fantasmes que vagarejaven pels estrets corredors del seu cervell, va tornar a estudiar com un boig el llibre de Matemàtiques.

Jo també vaig provar d'estudiar, però estava distret i no em podia concentrar. La notícia que passaria l'estiu a Santander, que tant m'havia horroritzat al començament, ja no em feia l'afecte que fos tan nefasta. En fi, no és que em morís de ganes d'anar-hi; preferia quedar-me a Madrid, no cal dir-ho, amb la meva família i els meus amics. Tanmateix, començava a sentir una mica de curiositat envers aquells parents del Nord als quals amb prou feines havia vist un parell de vegades en la meva vida i dels quals sabia ben poc. En particular, hi havia una cosa que, potser per l'entusiasme del meu germà, m'intrigava cada cop més: les meves cosines.

Qui eren i com eren les meves cosines?

* * *

Els exàmens em regiraven l'estómac. Ho dic seriosament: em descomponia, tenia diarrea. Invariablement, abans de començar havia d'anar al lavabo i, després, em quedava la resta del dia amb mal cos. Afortunadament, l'època dels exàmens va quedar enrere i vam entrar en els estranys llimbs que eren els dies immediatament anteriors a la fi del curs. Tots, professors i alumnes, volíem anar-nos-en; ningú no feia res, però alguna sàdica norma ministerial ens obligava a romandre mà sobre mà, sumits en el tedi d'aquelles aules ombrívoles.

Vaig aprofitar aquelles hores mortes per reflexionar. No ho feia sobre res concret; pensava en el pare, en l'estiu, en Santander..., i en les noies. Les dones eren per a mi un enigma, una mena d'endevinalla que, per molt que ho intentés, no aconseguia desxifrar. En aquella època, els centres d'ensenyament no eren mixtos. Hi havia escoles masculines i escoles femenines, de manera que rara vegada ens relacionàvem amb persones de la nostra mateixa edat, però de diferent sexe. Fins feia poc, les noies no m'havien atret gens; ni els agradava el futbol, ni sabien tirar pedres, ni pixaven dretes; així que, des del meu punt de vista, eren uns éssers rars i avorrits.

Tanmateix, de mica en mica havia anat canviant de parer, i les noies van començar a interessar-me; al començament d'una manera vaga, amb una intensitat sorprenent després. Fins i tot vaig arribar a preocupar-me, tement que, amb el pas dels anys, pogués esdevenir un cretí hiperhormonat com el meu germà, tot i que en el fons del meu ésser tenia la idea que mai no arribaria a caure tan baix.

El problema és que no sabia com comportar-me amb les noies... No, aquest no era l'autèntic problema; si vull ser sincer, he de reconèixer que les noies em feien por. Cada vegada que era davant d'alguna noia de la meva edat, suava fred, se'm ressecava la boca i, sento dir-ho, em descomponia. Era com passar un examen.

I ara anava a viure a una casa plena de dones.

El curiós del cas és que aquella idea, tot i que encara em torbava una mica, se'm feia cada cop més excitant. No em refereixo a excitant en el sentit dels deliris eròtics del meu germà; es tractava més aviat de la classe d'expectació que sentim cap allò que ens és desconegut, com quan comences a llegir una novel·la de ciència-ficció, i la promesa d'un univers de meravelles s'obria davant meu.

Finalment, el llimb es va dissoldre en el no-res d'on havia sorgit i va arribar la fi del curs. Ho vaig aprovar tot i amb força bones notes. La mare es va sentir tan orgullosa de mi que va trucar per telèfon al pare per explicar-li com n'era, d'intel·ligent, el seu fill. Jo també li vaig parlar, i vaig escoltar a través de la línia les felicitacions, i vaig sentir moltes ganes d'abraçar-lo i fer-li un petó, potser perquè, des que em considerava gran, havia deixat de fer-li petons. És estrany; per què, a mesura que creixem, als homes ens avergonyeix més i més mostrar els nostres sentiments? Perquè som idiotes, suposo.

Aquella tarda em vaig quedar a casa. L'Alberto, que també havia aprovat, se'n va anar a celebrar-ho amb els seus amics, però jo em sentia, no ho sé, rar, malenconiós, i no tenia ganes de sortir. Havent dinat, vaig estar una estona llegint, fins que, cap allà a dos quarts de sis, vaig anar a la sala. Hi havia la mare, asseguda a la seva butaca preferida, sargint uns mitjons de l'Alberto. La persiana estava abaixada, però el sol s'esmunyia per les escletxes en forma de fileres de llum i dibuixava damunt el parquet una successió de línies paral·leles resplendents. A la ràdio que hi havia a sobre el bufet sonava *Lola*, de Los Brincos. Em vaig asseure al sofà i vaig estar una estona escoltant la cançó mentre mirava la mare com cosia.

—Ja t'he comprat el bitllet de tren —va dir ella, de sobte, sense apartar la mirada del fil i l'agulla—. Te n'aniràs a Santander divendres que ve.

—D'acord —vaig contestar.

Suposo que la mare esperava algun tipus de resistència per part meva, perquè em va mirar de reüll, amb estranyesa, i va preguntar:

—Que et passa res?

—No, estic bé —vaig fer una pausa llarga i vaig afegir—: Com és la tieta Adela?

—Vam ser a casa seva fa uns anys, no te'n recordes?

Vaig moure el cap.

—L'única cosa que recordo és que era molt guapa.

—I ho continua sent —la mare va alçar la cella—. Quan érem jovenetes, ella portava els nois de bòlit. Era desesperant; la meva germana gran em prenia tots els nòvios.

—Us enteníeu bé?

—De joves, no; suposo que li tenia enveja. Després, vam aprendre a respectar-nos i tot va anar millor entre nosaltres.

—No us veieu gaire.

—Però ens escrivim i parlem per telèfon sovint. El que passa és que les nostres vides van prendre rumbs diferents. Ella es va casar amb en Luis, es va traslladar a Santander i, de mica en mica, vam anar perdent l'hàbit de veure'ns.

—I l'oncle Luis, com és?

La mare va somriure amb ironia.

—Luis Obregón —va dir— pertany a una de les famílies més antigues de Santander. Ara s'ha engreixat una mica, però de jove era tot un galant. És molt simpàtic, tot i que sempre ha estat una mica boig i, amb els anys, s'ha tornat cada cop més excèntric. Et caurà bé, ja ho veuràs.

—Què fa?

—És enginyer industrial. Fa molts anys va inventar no sé què i ara viu de les rendes que li donen les patents.

Vaja, així que tenia un oncle inventor...

—I com són les filles? —vaig preguntar amb calculada indiferència.

La mare va deixar el mitjó que estava sargint damunt la falda.

—Aquesta primavera, l'Adela em va enviar una foto de les nenes —va assenyalar la llibreria—. És en aquell àlbum verd; porta-me'l, si us plau.

Em vaig aixecar, vaig agafar l'àlbum i el vaig donar a la mare. Ella el va obrir i va anar passant els fulls fins que va trobar el que buscava.

—És aquí, mira-les.

Vaig contemplar la fotografia que m'ensenyava la

mare: quatre noies en un jardí, davant d'un vetust casalot de tres plantes. Totes eren rosses i, l'Alberto tenia raó, totes eren guapíssimes!

—Aquesta és la Rosa, la gran —va dir la mare, assenyalant la foto amb el dit—. Ara deu tenir divuit anys.

La Rosa era la més alta de les quatre i, tot i que portava un vestit ample que li arribava fins als turmells, es notava que era prima i esvelta. Tenia els cabells llargs, els ulls blaus i un rostre harmoniós. Em sembla que, fins aleshores, no havia vist mai una dona tan guapa, tot i que era una bellesa discreta a la qual només podia qualificar de serena.

—I aquesta és la Margarita —va dir la mare—. Té setze anys... No, ja deu haver fet els disset.

La Margarita era una mica més baixa que la Rosa. Anava amb uns pantalons de pana i jersei de coll alt, tenia els cabells del mateix color que la seva germana gran, però més curts, en forma de mitja cabellera. Portava ulleres de muntura metàl·lica i lents rodones, com les de John Lennon.

—Aquesta és la Violeta —va continuar la mare, desplaçant l'índex per la foto un parell de centímetres a la dreta—. Té la teva edat. Va néixer el febrer del 54, ho recordo bé; dos mesos abans que tu.

La Violeta tenia els cabells més foscos que les seves germanes i els portava molt curts i revolts. Anava vestida com un noi (pantalons texans i camisa de quadres escocesos), però tenia una cara massa bonica perquè el seu sexe es pogués confondre. Era l'única que no somreia; en els seus ulls, també blaus, hi havia un deix de fàstic, com si no li agradés que la fotografiessin.

—I per acabar, l'Azucena, la més petita de la família. Si no m'equivoco, acaba de fer els dotze anys.

Es podria dir que l'Azucena era la més guapa de totes, però la seva bellesa encara era una promesa per confirmar, ja que encara no s'havia desenvolupat plenament. Portava una brusa blanca i una faldilla prisada; els cabells, els tenia recollits en una cua; els ulls eren enormes, i somreia a la càmera amb timidesa.

Així que aquestes eren les meves cosines... Vaig estar uns segons mirant aquell retrat de grup, provant d'imaginar com serien les seves veus, l'olor, la manera de ser. Totes s'assemblaven molt entre elles, però alhora eren molt diferents, com si fossin diferents versions d'un mateix tema. Vaig assenyalar l'edifici que hi havia darrere seu i vaig preguntar:

—És casa seva?

—Sí, Villa Candelaria. Quan ens vam estar a Santander, vam viure allí; no te'n recordes?

Vaig arronsar les espatlles.

—Una mica —vaig respondre—. Sembla molt vella.

—I tant, es va construir fa més d'un segle i mig.

La mare va tancar l'àlbum i el va deixar damunt la taula; després, va agafar el mitjó de l'Alberto i es va posar a sargir-lo una altra vegada. Uns segons més tard, va comentar:

—Saps?, a començament de segle els Obregón eren molt rics.

—I ja no ho són?

—Es van arruïnar durant la guerra. No és que siguin pobres; al contrari, en Luis es guanya molt bé la vida. Però el cognom Obregón ja no té el llustre d'altres temps.

—Què els va passar?

La mare va fer la darrera puntada al mitjó i va tallar el fil amb les dents.

—Has sentit dir allò que totes les famílies amaguen un esquelet a l'armari? —va preguntar mentre amagava l'ou de sargir a la capsa dels fils—. Doncs l'esquelet dels Obregón es diu les Llàgrimes de Shiva.

—Les Llàgrimes de Shiva... —vaig repetir—. Què és això?

La mare va dibuixar un somriure enigmàtic i em va mirar amb sornegueria.

—És una història molt antiga i molt misteriosa —va dir—. Però no te l'explicaré; així quan siguis a Santander els ho preguntes. I pregunta'ls també per Beatriz Obregón. Però fóra bo que ho fesssis amb molta diplomàcia, perquè aquest assumpte, tot i que va passar fa gairebé setanta anys, continua coent.

* * *

La setmana que va precedir la meva partida va estar marcada per aquell tedi suau i sensual que, amb el començament de l'estiu, de mica en mica ho va envaint tot. Em llevava tard, mirava la televisió (les meves sèries preferides eren *Los Vengadores* i *Jim West*), llegia a la terrassa o sortia amb els meus amics.

Aleshores, els meus millors amics eren Tito i José Mari. Ens coneixíem des de pàrvuls, havíem crescut junts i no vam trigar gaire a convertir-nos en un triumvirat inseparable. Solíem anar junts al cine, o a la piscina, o als billars, o senzillament fèiem llargues passejades per la ciutat, sense rumb fixe, mentre parlàvem del diví i l'humà. No sé quant de mi hi ha en ells, però estic segur que la seva amistat va contribuir sobre manera a conformar el tipus de persona que sóc ara.

Dijous a la tarda, la vígilia del meu viatge a Santander, vam sortir a fer un tomb. Durant una hora, vam deambular mandrosament pels carrers, sense fer res en particular ni parlar gaire. Per algun motiu, potser a causa de la nostra propera separació, ens mostràvem taciturns i desanimats; finalment vam acabar asseguts en un banc, discutint sobre quins eren els millors tebeos, *L'home emmascarat, Astèrix* o *Flash Gordon.* En José Mari advocava també per *Mortadelo i Filemón,* però vaig tancar el debat declarant que la millor història de tots els temps era, sens dubte, *Les aventures de Tintín.* Tots tres vam acordar que aquesta era una Veritat Absoluta i, tot seguit, vam caure en un silenci profund.

Al cap de cinc llargs minuts, en Tito va tenir una insòlita idea: fer una cursa de xapes. No jugàvem a les xapes des que érem unes criatures, però, de sobte, allò ens va semblar el millor pla possible. Així que, amb un tros de guix, vam dibuixar sobre la vorera un circuit força complicat i vam passar l'hora següent provant que les nostres xapes de Coca Cola fossin les primeres a creuar la línia de meta.

Llavors va passar una cosa estranya; va ser com si, tot d'una, tornéssim a la infantesa. L'abatiment es va dissoldre en un esclat d'alegria, i vam dedicar la resta de la tarda a fer les mateixes coses que fèiem quan teníem onze o dotze anys. Vam jugar a saltar i parar, vam enfilar-nos per bastides, vam ser perseguits per porters irritats, vam fer un partit de futbol amb llaunes de conserva i, fins i tot, vam practicar el tir de pedres entres les runes d'un solar.

Em sembla que va ser la darrera vegada que vaig gaudir de la vida com un nen, sense preocupacions i amb una innocència total. Més endavant, quan, passat l'estiu, en Tito, en José Mari i jo ens vam tornar a reunir, les coses van ser molt diferents. Tant ells com jo havíem crescut per dins i els nostres interessos estaven cada vegada més allunyats del que ens agradava de petits. Va haver-hi d'altres bons moments, per descomptat, però cap no va ser tan radiant, tan joiós i pletòric, com aquella tarda que vam passar junts, jugant a ser infants un altre cop.

A les deu del vespre, havent-me acomiadat dels meus amics (amb la barroeria que fem servir els homes quan ens posem sentimentals i no volem que se'ns noti), vaig tornar a casa. La mare ja m'havia fet l'equipatge, així que em vaig limitar a posar a la maleta un parell de dotzenes de llibres. Eren tots de ciència-ficció, el meu gènere favorit. Vaig triar novel·les d'Isaac Asimov, d'Arthur C. Clarke, de Robert Heinlein, de Clifford D. Simak o de Fredric Brown i, mentre ho feia, pensava que aquelles lectures no podien ser més adequades ja que, en certa manera, aquell estiu seria un estiu de ciència-ficció. El juliol de 1969, l'home arribaria a la Lluna.

Me'n vaig anar al llit després de sopar. Estava cansat, però vaig trigar a agafar el son; estava neguitós i notava una mena de buit a l'estómac. Era com si hagués perdut alguna cosa i, alhora, un regal extraordinari m'estigués esperant en algun racó incert del meu futur.

2. *Villa Candelaria*

A primera hora del matí, la mare i l'Alberto em van acompanyar a l'estació del Nord i, després de facturar la maleta, es van quedar amb mi a l'andana per fer-me companyia fins que el tren se n'anés. La mare em va donar una bossa amb dos entrepans per al viatge (un de truita i un altre de pernil), i tot seguit va deixar anar una tirallonga de consells i advertiments. Que fos educat, que obeís els oncles, que mastegués el menjar en lloc d'empassar-me'l, que no em banyés a la platja si hi havia la bandera vermella, que m'abrigués a les nits, que li telefonés si necessitava res, que em rentés les dents tots els dies...

Em sembla que hagués pogut continuar així durant hores i hores, si no és que el xiulet del tren va reverberar a l'estació tot anunciant que aviat sortiria. Aleshores, la mare em va abraçar i, sense poder reprimir unes llàgrimes, em va fer dos petons i em va recomanar que tingués cura. Després, per a sorpresa meva, l'Alberto em passà el braç per les espatlles i em va apartar una mica cap a un costat; però no es tractava d'un gest d'afecte fraternal; això difícilment es podia esperar del meu germà, i va quedar clar quan em va xiuxiuejar:

—Escolta, idiota: si, quan tornis, em portes un sostenidor usat de la Rosa, et dono vint duros.

Me'n vaig apartar i el vaig contemplar amb sincer menyspreu.

—Te'n vas de l'olla —li vaig dir.

L'Alberto va somriure d'orella a orella.

—Sí, xaval; però pago al comptat.

El xiulet va tornar a sonar. Vaig pujar ràpidament al vagó i vaig treure el cap per la finestreta just quan el tren es posava en marxa. La mare, dreta a l'andana, movia una mà acomiadant-se de mi; amb l'altra, s'eixugava les llàgrimes. Darrere seu, l'Alberto feia carusses i gestos obscens. Jo em vaig quedar abocat a la finestra, fent adéu amb la mà, mentre les figures s'anaven fent petites en la distància. Després, quan es van perdre de vista, vaig sospirar amb una mica de tristesa i vaig anar a la recerca del meu seient.

El meu viatge al Nord havia començat.

* * *

No cal dir gaire cosa d'aquell viatge; vaig passar gran part del matí llegint una novel·la de ciència-ficció (*Univers de bojos*), i la resta del temps el vaig dedicar a mirar per la finestra, tot i que el paisatge que es veia tan sols era una interminable successió de camps de cereals. De tant en tant distingia, en la llunyania, petits pobles de teules i totxos, o tractors i segadors treballant al camp, però el panorama que m'acompanyà durant la primera meitat del trajecte s'assemblava molt a un mar d'or suaument agitat per un onatge d'espigues.

El tren parava a cada estació o baixador que trobava en el camí, de manera que el viatge es va fer etern. Després de migdia, quan la calor era més forta, em vaig quedar adormit. Em vaig despertar dues hores més tard, amb la boca seca i tot enganxós i entumit. Em vaig aixecar per anar al lavabo; després, li vaig comprar un refresc al revisor i vaig tornar al meu seient per fer forat als entrepans que m'havia preparat la mare. Mentre menjava, vaig veure que el paisatge havia canviat completament. En aquell moment travessàvem una zona muntanyosa plena de boscos, molt diferent del sec altiplà d'on havíem sortit.

Però això solament era una avançada del que m'esperava. Una hora més tard, a mesura que ens acostàvem a les terres humides del Nord, la vegetació es va anar tornant cada cop més exuberant. Vam deixar enrere les altes muntanyes i ens vam endinsar en una regió esquitxada de petites valls entapissades d'herba, un territori boscós solcat per nombrosos rius i rierols. Una mica més tard, va començar a ploure. Em vaig sentir estrany; no recordava que el Nord fos tan verd i, acostumat a l'aridesa de Madrid, aquella vegetació densa, igual que una selva, em semblava un paisatge del passat, com si el tren fos una màquina del temps que em conduís a l'època en què els celtes encara poblaven les terres del Cantàbric.

Finalment, a mitja tarda, vam arribar a l'estació de

Santander. Se suposava que els meus oncles hi serien, però el cert és que no hi havia ningú esperant-me, així que vaig recuperar la meva maleta i em vaig disposar a esperar. De mica en mica l'andana es va anar buidant de gent, fins que em vaig quedar sol. La remor de la pluja contra el sostre ressonava monòtament a l'estació i es confonia amb el ronc llunyà del motor d'una locomotora. Vaig obrir la novel·la, em vaig asseure sobre la maleta i em vaig posar a llegir.

—Javier! —va dir una veu al cap d'uns minuts.

Vaig girar el cap i vaig veure que un home s'acostava cap a mi amb pas ràpid. Tenia uns quaranta-cinc anys, els cabells castanys clars, pentinats cap enrere, potser massa llargs, i lluïa uns bigotis ben cuidats que li donaven un aire de galant antiquat. A mesura que caminava, la seva gavardina negra onejava en l'aire com la capa d'un superheroi. Era l'oncle Luis.

—Caram, noi, ho sento —va dir quan va arribar a la meva altura—; se me n'ha anat del cap i he oblidat que t'havia de venir a buscar. Fa molt que t'esperes?

—No, i ara; un quart, si fa no fa.

—Perdona, sóc molt despistat. Va, nebot, fes-me una abraçada —em va colpejar l'esquena amb energia; després, es va apartar de mi i, mantenint les seves mans sobre les meves espatlles, em va mirar en silenci durant uns segons—. Ara t'hauria de dir que has crescut molt —va continuar—, però suposo que ja deus estar tip d'aquest tipus de comentaris, així que no diré res. Som-hi, tinc el cotxe fora. Deixa que et porti la maleta.

Quan vam sortir de l'estació, plovia a doll. L'oncle

Luis va comentar que, fins ahir, havia fet un temps excel·lent, però no vaig trigar a descobrir que això era el que sempre deien els del Nord, encara que fes una setmana que estiguessin patint els rigors d'una galerna. No obstant això, amb prou feines vaig parar esment al clima local, ja que, en veure el cotxe de l'oncle Luis, em vaig quedar amb la boca oberta. Suposo que esperava trobar un utilitari normalet, però l'automòbil va resultar ser un model esportiu. Un Jaguar E, per ser més precisos; de color negre, llantes cromades i un morro llarguíssim que prometia un autèntinc torrent de potència.

—És maquíssim... —vaig comentar en acomodarme al seient del copilot.

L'oncle Luis va somriure, satisfet, i va acariciar amb el tou dels dits la fusta del quadre de comandaments.

—Sí que ho és. És un model de 1961, el primer de la sèrie E. Motor de tres mil vuit-cents centímetres cúbics, tres carburadors i dos-cents setanta-cinc cavalls de potència. La veritat és que és la nina dels meus ulls.

En dir això, va dedicar una mirada d'amant als comandaments del seu vehicle i va girar la clau de contacte. El motor va rugir amb impaciència, l'oncle va connectar els eixugaparabrises, va posar la marxa i, tot seguit, amb un xerric de pneumàtics, va arrencar a tota velocitat.

Per dir-ho d'alguna manera, l'oncle Luis conduïa com un boig. Vam abandonar l'aparcament en un sospir, vam enfilar cap al passeig de Pereda amb un derrapatge i, després, tot va ser acceleració i vertigen. Més tard vaig descobrir que el mar era a la meva dreta, però aleshores ni tan sols el vaig veure; estava massa ocupat a estrènyer les dents i agafar-me al seient per poder veure alguna cosa. Durant el trajecte, mentre conduïa i anava fent cops bruscos de volant i frenades sobtades per sortejar el trànsit, l'oncle Luis no parava de parlar. Es va interessar per la salut del pare i em va preguntar per la mare i per l'Alberto, però a penes podia respondre amb monosíl·labs, ja que tenia un nus al coll i l'íntima convicció que ens estavellaríem en qualsevol moment.

Però no ens vam estavellar. En arribar a l'altura de la península de la Magdalena, vam girar a l'esquerra i, com una exhalació, vam posar rumb cap a El Sardinero, la zona residencial on vivien els oncles. Afortunadament, l'oncle Luis va reduir la velocitat en abandonar l'avinguda principal i en endinsar-se en el laberint de carrers estrets que s'estenien per darrere de la primera línia de platja. Tot i així, quan vam arribar a la nostra destinació, va aturar el Jaguar amb una frenada brusca que em va llençar, primer, cap endavant, i després cap enrere.

En baixar del cotxe, les cames em feiem figa. La pluja havia minvat fins a esdevenir un repix, però el cel continuava tapat i fosc. Mentre l'oncle Luis obria el maleter per treure el meu equipatge, em vaig quedar mirant la casa davant la qual ens havíem aturat. Era un edifici vell de tres plantes amb una petita torre a la part superior. La façana, pintada de blanc i verd, gravitava sobre un porxo enorme sostingut per quatre columnes cobertes de plantes enfiladisses; a la segona planta, a esquerra i a dreta, hi havia dos grans miradors de vidre. El casalot estava envoltat per un jardí ampli i ben cuidat, amb closos de murtra, massissos d'hortènsies multicolors i tamarindes de capçades enrevessades. Una tanca de pedra envoltava la propietat; en un muntant de la portalada d'entrada una placa de bronze deia: «Villa Candelaria».

—Vinga, Javier —va dir l'oncle Luis mentre començava a caminar cap a la casa portant la meva maleta—. L'Adela té ganes de veure't.

Vam creuar el reixat i vam recórrer la sendera de grava que travessava el jardí i conduïa al porxo. Així va ser com, després de tant temps, vaig tornar a casa dels Obregón.

* * *

La tieta Adela s'assemblava a la mare, però era molt més guapa que ella. Tenia els cabells rossos, els ulls blaus i una figura fantàstica, sobretot tenint en compte els quaranta anys i escaig que devia tenir aleshores. La nostra trobada va seguir, puntualment, tots els passos establerts pel Manual d'Urbanitat entre Parents. Em va fer dos sorollosos petons, em va abraçar, va comentar que havia crescut moltíssim, hi va insistir un altre cop, va dir que estava fet un homenet, em va tornar a abraçar, em va preguntar pel pare, per la mare i per l'Alberto, em va interrompre a l'instant per dir-me que ja en parlaríem a l'hora de sopar, va tornar a admirar-se de la meva alçada i em va fer un altre petó.

Després, em va presentar la resta de la família. Aquella tarda, només eren a casa la Margarita, la segona de les germanes, i l'Azucena, la més petita. La Marga em va saludar amb una encaixada de mans forta i enèrgica i em va contemplar amb una certa suspicàcia, com si em volgués avaluar abans de donar-me la seva confiança. Era més guapa al natural que en foto, però les ulleres que portava li donaven un aire una mica distant, com si aquelles lents rodones fossin un escut que la separés del món i de la gent. Pel que fa a l'Azucena, quan vaig provar de fer-li un petó va arrencar a córrer i es va refugiar rere les faldilles de la seva mare sense dir paraula.

—És molt tímida —comentà la tieta Adela—. Però ja veuràs que simpàtica que es torna quan s'acostumi a tu.

Tenia raó; l'Azucena va resultar encantadora i molt intel·ligent. L'únic problema és que va trigar gairebé tres mesos a acostumar-se a mi.

—La Rosa ha sortit; ja la veuràs aquest vespre —va continuar la tieta—. I la Violeta... Bé, qui sap on deu ser. Aquesta nena sempre va al seu aire, amb el cap dins d'un llibre...

—Va, prou de xerrameca —la va interrompre l'oncle Luis—. En Javier de segur que vol descansar una estona. Som-hi, nebot, vine amb mi; t'ensenyaré la teva habitació.

La segona planta tenia sis habitacions i dues cambres de bany. A l'ala nord, hi havia les habitacions dels meus oncles, de l'Azucena i de la Rosa. La meva habitació era a l'extrem oposat, darrere les escales, entre les habitacions de la Margarita i la Violeta.

Era una habitació d'uns vint metres quadrats, amb

el terra de fusta i una finestra que donava a la part de darrere del jardí. Hi havia un llit de fusta (molt antic, però amb un matalàs nou), una tauleta de nit, una cadira i un armari vell que feia olor de lavanda i codony. Quan l'oncle Luis em va deixar sol, vaig desfer l'equipatge, vaig distribuir les meves coses en els prestatges i vaig col·locar els llibres damunt la tauleta. Després, em vaig estirar al llit i vaig estar una estona sense fer res, amb la mirada perduda en les motllures del sostre.

L'atmosfera feia molta olor d'humitat, però no era una aroma desagradable. Ben al contrari, em resultava càlida i acollidora, com si l'aire tingués més consistència que a Madrid. Vaig contemplar els quadres que penjaven de les parets (una marina i dos paisatges campestres) i després em vaig quedar escoltant el tamborinejar de la pluja. I de mica en mica, sense adonar-me'n, em vaig adormir.

...

Uns cops van sonar a la porta.

—Javier —va dir una veu.

Em vaig despertar, espantat, i vaig saltar del llit com si m'haguessin enxampat fent una cosa prohibida.

—Ets aquí, Javier? —va insistir la veu.

Vaig parpellejar unes quantes vegades per espantar la son i vaig obrir la porta. La Margarita era a l'altre costat del llindar; dues guspires d'ironia brillaven rere les seves ulleres.

—Estaves dormint? —preguntà.

—No... Sí, crec que sí... Quina hora és?

—Dos quarts de nou.

Havia dormit gairebé dues hores! La veritat és que portava quasi tot el dia aixafant l'orella.

—D'aquí a una hora estarà el sopar —va continuar la Marga—. Vols que abans t'ensenyi la casa?

Li vaig dir que sí, però el primer que vaig fer va ser anar al bany a tirar-me una mica d'aigua a la cara, ja que notava que encara estava una mica ensopit. Després vaig tornar amb la Margarita, que m'esperava al costat de l'escala, i va començar la ruta turística.

—A dalt hi ha les golfes i la torrassa —va dir ella—, però hi ha poca llum i molta pols, així que ja ho veuràs un altre dia. En aquesta planta hi ha les habitacions. Aquesta és la meva, la de davant la de la Violeta i allí hi ha la de la Rosa, la de l'Azucena i la dels pares. Vine, t'ensenyaré la planta baixa.

L'edifici era més antic del que m'havia semblat al començament. Tenia els sostres molt alts, el terra de fusta i pertot hi havia pintures i antiguitats de tota mena.

Llavors no sabia el significat de la paraula *plutocràcia*. Més endavant vaig consultar el diccionari i vaig esbrinar que vol dir 'el govern dels rics'. També vaig descobrir que la Margarita era comunista, o una cosa semblant.

El vestíbul, molt ampli, estava guarnit amb panòplies, escuts, un tapís descolorit i fins i tot una armadura una mica rovellada.

—Aquesta escala porta al soterrani —assenyalà la Margarita—. El pare hi té el taller. Es passa el dia construint andròmines ben estranyes, que és el que més li agrada del món, així que procura no molestar-lo gaire.

A la dreta, tal com s'entrava des del porxo, una porta donava accés al menjador. Era una habitació espaiosa, amb un ample finestral i una immensa taula de roure damunt la qual penjava una aranya de cristall. Al fons, una altra porta conduïa a la cuina i a la zona del servei. A l'ala est hi havia les dues estances més grans de la casa: la sala d'estar i el menjador.

La sala, com tot a Villa Candelaria, semblava més un museu antic que un habitatge. Els mobles, segons la Margarita, eren estil imperi, i de les parets penjaven desenes de quadres pintats a l'oli, gairebé tots paisatges, però també hi vaig poder veure algun retrat. Hi havia una xemeneia d'alabastre enorme i tres grans finestrals des dels quals es podia veure el jardí. En conjunt, aquella casa semblava rica i luxosa, però es tractava d'un luxe antic, no renovat amb el pas dels anys; un luxe que parlava més de l'esplendor d'altres temps que de l'actual situació de la família. Crec que va ser aleshores quan vaig comprendre amb precisió el significat de la paraula *decadència.*

Amb tot, la sorpresa més gran m'esperava a la darrera estança que vaig visitar: la biblioteca. Era tan gran com la sala, però els únics mobles que hi havia eren un escriptori, una cadira i una butaca de lectura. Tres de les quatre parets estaven cobertes fins al sostre per una immensa llibreria de fusta de cirerer, en els prestatges de la qual decansaven milers i milers de llibres antics força polsosos. A la quarta paret hi havia un mirador de vidres de colors, una xemeneia i un munt de quadres, ara sí que tots eren retrats.

—Aquí tens la galeria dels nostres avantpassats —va dir la Margarita, assenyalant amb un gest la petita pinacoteca—. Mira, aquest és Juan Nepomuceno Obregón. Va ser l'individu que, durant el segle XVII, va amassar la fortuna de la família. Era un pirata indesitjable; l'haurien d'haver penjat, però, en lloc d'això, el van nomenar fill predilecte de la ciutat —va sospirar amb resignació i va afegir—: Així és la justícia dels burgesos.

El quadre que assenyalava la Margarita mostrava el bust d'un home d'uns cinquanta anys de cara rodona, mostatxo i masclet, vestit amb una levita negra en la qual destacava un coll de puntes que el pintor havia reproduït amb una minuciositat gairebé maníaca. Era més aviat gras i els seus ulls de porc expressaven una barreja d'altivesa i mesquinesa. Era exactament la classe de tipus al qual ningú no compraria un cotxe de segona mà.

Vaig estar uns minuts mirant aquella galeria de vells retrats. Tots els homes i dones que hi estaven representats havien estat membres de la família Obregón. Oncles, cosins, germans, nebots, avis... Em va semblar una mica estrany tenir davant dels meus ulls, en forma de quadres, el llinatge complet dels darrers doscents cinquanta anys d'una família. De fet, hi havia tantes pintures que em passà per alt la més important de totes.

Era en un racó, a l'extrem més allunyat de la biblioteca, perdut entre imatges dels avantpassat menys importants. Era un retrat no gaire gran que mostrava una dona asseguda, amb les mans descansant sobre la falda i la mirada perduda a la seva dreta. Era jove i molt maca, amb els cabells rossos recollits en un tre-

nat complex. Duia un vestit blanc, de puntes, a la moda de les darreries del segle XIX, i l'únic guarniment que lluïa era un collar de maragdes. Però no va ser la bellesa d'aquella dona el que em cridà l'atenció, sinó la subtil expressió de tristesa que s'advertia en la seva mirada.

—Qui és? —vaig preguntar.

La Margarita va alçar la cella.

—Beatriz Obregón —va respondre—. La germana del meu besavi.

Beatriz Obregón... Aquell era el nom que havia esmentat la mare quan em va ensenyar l'àlbum de fotos. Però també va dir una altra cosa, una cosa relacionada amb un déu hindú...

—Què són les Llàgrimes de Shiva?

La Margarita va arrugar la cella.

—Qui t'ha parlat d'això? —va preguntar al seu torn.

—La mare. Però no m'explicà res; tan sols em va dir que us ho preguntés a vosaltres.

—Doncs la teva mare té molt sentit de l'humor —comentà, amb un somriure entremaliat—. Mira, és millor que no preguntis als pares ni per la Beatriz ni per les Llàgrimes.

—Per què?

La Margarita em va mirar uns instants amb ironia, com si sabés alguna cosa graciosa que jo ignorava. Aleshores, abans de poder contestar-me, es va sentir en la llunyania el tritlleig d'una campaneta.

—És la mare —va dir—. El sopar és a punt; és millor que anem al menjador —va fer un darrer cop d'ull al retrat de la seva avantpassada i va afegir—: Pel que fa a la meva tia-besàvia Beatriz, el problema és que va ser la lladre de la família, i la culpable de la ruïna dels Obregón. Per això és millor no parlar-ne; no és un tema agradable

* * *

Reconec que les evasives respostes de la Margarita em van deixar molt intrigat. Qui va ser Beatriz Obregón i per què era millor no esmentar ni tan sols el seu nom? La meva cosina em va dir que havia estat la lladre de la família, però, què havia robat? I què dimonis eren les Llàgrimes de Shiva?

Abans d'anar al menjador, vaig pujar a la planta de dalt per rentar-me les mans. Estava a punt d'entrar al bany quan em vaig adonar que la porta de la meva habitació era oberta i el llum encès. M'hi vaig acostar i vaig descobrir que hi havia algú a dins. Era una noia de la meva edat; tenia els cabells curts i portava uns texans desgastats. En aquell moment estava examinant els llibres que jo havia deixat damunt la tauleta, tot i que em donava l'esquena; vaig saber a l'instant qui era.

—Hola —la vaig saludar—. Tu ets la Violeta, oi?

Estava segur que no m'havia sentit arribar, però no es va espantar en sentir la meva veu. En lloc d'això, va girar el cap lentament i em va mirar per damunt l'espatlla, molt seriosa.

—I tu en Javier —va dir.

No era una pregunta, i tampoc no va fer cap gest per saludar-me, així que em vaig quedar una mica tallat.

—Aquests llibres són teus? —preguntà ella després d'un incòmode silenci.

—Sí.

La Violeta es va inclinar i començà a llegir en veu alta els títols.

—*Jones l'home estel·lar, Marcià vés-te'n a casa, Tità envaeix la Terra, El Dia dels Trífides...* Què són aquestes novel·les?

—Ciència-ficció —vaig respondre.

La Violeta va dibuixar un somriure que, malgrat la brevetat, va aconseguir expressar alhora una barreja d'altivesa, menyspreu i commiseració. Crec que va ser un dels somriures més irritants que he vist mai en ma vida.

—Ja m'imaginava que era una cosa així —va dir—. A tu, t'agraden aquestes coses?

Va pronunciar la paraula *coses* com si estigués parlant d'un sac de fems.

—Sí, m'agraden —vaig contestar a la defensiva—. Has llegit res de ciència-ficció?

La Violeta va assentir amb caboteig desdenyós.

—*1984,* d'Orwell, i *Un món feliç,* de Huxley. Són les úniques novel·les de ciència-ficció interessants.

Parlava amb tanta suficiència que m'estava posant de mal humor; però jo era un hoste i m'havia de comportar, així que vaig provar de ser educat.

—I a tu, què t'agrada llegir?

—Hemingway, Tolstoi, Lorca, Scott Fitzgerald... Bé, la bona literatura. Però no t'amoïnis; potser d'aquí a uns anys, quan maduris una mica, arribis a llegir alguna cosa més que històries de marcianets —va començar a caminar cap a la sortida i va dir—: El sopar ja és a punt; serà millor que baixis al menjador.

Ho reconec: al començament, Violeta Obregón em va semblar una noia pedant, creguda i insuportable. Exactament tot el contrari que la seva germana gran. La vaig conèixer en el sopar; la Rosa va tornar a casa just quan sèiem a taula. Era molt guapa, més encara que a la foto, però la seva bellesa no resultava estrident (com la de les dones que sortien a les revistes franceses prohibides), sinó discreta i plàcida. Tot i que només tenia divuit anys, semblava més gran, potser pel to greu de la seva veu, o per la gairebé imperceptible malenconia que destil·lava la seva mirada, o per la gràcia i serenitat del seu capteniment. També era simpàtica i afectuosa; tant, que me'n vaig enamorar als cinc minuts de conèixer-la. Fins i tot vaig arribar a pensar que si la reina Ginebra va existir algun cop, s'havia d'assemblar molt a la Rosa, i durant uns segons vaig fantasiejar amb la possibilitat d'arribar a ser, algun dia, el rei Artús.

Com és natural, el meu enamorament instantani va ser més bé abstracte; platònic, com diria el meu professor de Filosofia. A certes edats, tres anys de diferència suposaven un abisme infranquejable, i jo ho sabia molt bé; però era impossible no quedar prendat del magnètic encant de Rosa Obregón. De fet, em vaig passar tota la vetllada mirant-la de reüll; en part per la seva bellesa, però també perquè em vaig adonar que la Rosa s'assemblava moltíssim a la Beatriz, la misteriosa dona del quadre.

Cap al final del sopar, mentre menjàvem les postres, l'oncle em preguntà:

—Ja has fet un cop d'ull al nostre vell casalot?

—Sí, és molt maco.

—És ple de trastos vells; com jo, per exemple. Però té un cert encant.

—Tu també el tens, estimat —va somriure la tieta Adela.

—Ho has trobat tot al teu gust, Javier? —va continuar l'oncle Luis—. L'habitació, el llit, el bany...? Trobes res a faltar?

El cert és que sí; trobava a faltar una cosa.

—On és la tele? —vaig preguntar.

La tieta Adela i l'oncle Luis es van intercanviar una mirada; la Violeta em va contemplar amb un mal dissimulat menyspreu; la Margarita va murmurar:

—La televisió és puta propaganda franquista...

—Nena —va exclamar la tieta Adela—. No hi ha una boca maca amb paraules lletges. Fes el favor de no dir paraulotes.

—No tenim tele, Javier —m'informà la Rosa.

—La televisió sempre m'ha semblat un invent mal emprat —va tercerejar l'oncle Luis—. Mai no li he trobat la gràcia, tot i que a la gent sembla que li encanta. Hi ha cap programa que t'interessi?

Estava confós; com es podia viure sense televisió?

—No... Bé, sí —vaig respondre—. És que el vint de juliol retransmetran l'arribada de l'home a la Lluna...

—Això del programa Apol·lo no és més que propaganda imperialista ianqui —sentencià la Margarita.

—És clar, filla, per a tu tot és propaganda —va comentar la tieta Adela.

—No s'arriba a la Lluna tots els dies —va assenyalar l'oncle Luis—. Es tracta d'un esdeveniment important, sens dubte, i és lògic que en Javier tingui ganes de veure'l.

—M'encantaria.

—A en Javier li agrada molt la ciència-ficció —va tercerejar la Violeta amb to sarcàstic—. Potser espera veure un marcià per la tele.

—En tot cas —la vaig corregir amb sorna—, seria un selenita.

L'oncle Luis es va gratar el cap, pensarós.

—Bé, no et preocupis —va dir finalment—. Ja trobarem la manera que puguis veure l'allunatge.

Havent sopat, vam anar tots cap a la sala, excepte l'oncle Luis, que va baixar al soterrani, al seu taller, per treballar una estona. La tieta Adela va posar un disc de música clàssica; després, es va arrepapar en una butaca, va tancar els ulls i va començar a seguir la melodia amb moviments lleus de la mà dreta. La Rosa es va asseure al seu costat i va començar a fullejar una revista d'arquitectura, la Margarita es va embrancar en la lectura d'un llibre (*La revolució permanent*, de Trotski) i la Violeta es va posar a escriure en un quadern. L'Azucena es va asseure al terra, als peus de la seva mare, i s'hi va estar tota l'estona sense dir res, mirant-nos amb aquells ulls enormes.

Molt de temps després, en recordar aquell moment, i d'altres de semblants, vaig arribar a valorar la confortable pau que es respirava en aquella casa. El ritme vital dels Obregón era diferent del de la resta del món, més serè i assossegat, com si el temps posseís, a Villa Candelaria, la textura líquida d'un rierol tranquil.

És clar que això ho vaig pensar molts anys més tard,

perquè llavors, acostumat com estava a llargues sessions davant el televisor, aquella vetllada de silencis matisats per la música de Beethoven em semblà el súmmum del tedi. Passada mitja hora de no fer res, em vaig excusar dient que estava cansat i vaig pujar a la meva habitació.

Com que havia estat tot el dia dormint, vaig pensar que em costaria molt agafar el son; però em devia haver picat la mosca tse-tse, ja que, en posar-me al llit i apagar el llum, em vaig quedar profundament adormit.

* * *

Unes hores després, ja ben entrada la matinada, em vaig despertar bruscament, passant sense solució de continuïtat del son a la vetlla.

L'habitació estava sumida en les tenebres i en absolut silenci; tanmateix, jo tenia la impressió... No, la certesa que hi havia algú més. Vaig contenir la respiració i vaig aguditzar l'oïda; al cap de poc, rere el remot batre de la pluja, vaig sentir, o em va semblar sentir, el dèbil so d'una respiració, a prop, molt a prop meu. El borrissol del cos se'm va erissar i vaig sentir un calfred que em recorria l'esquena.

—Qui hi ha? —vaig preguntar en veu alta.

No vaig tenir cap resposta, però el so de la respiració va parar bruscament, com si algú estigués contenint l'alè. Llavors vaig notar una cosa: l'atmosfera de l'habitació estava impregnada d'un tènue perfum, semblava com si fos l'aroma dels nards. De nou vaig tenir un calfred. La sensació que una presència invisible es trobava al meu costat va ser tan intensa que, durant uns segons, vaig experimentar una por cega i irracional. Em vaig empassar saliva i vaig provar de calmar-me. Devia haver-hi alguna explicació lògica; potser una de les meves cosines havia entrat a l'habitació per fer-me una broma... De fet, la Violeta semblava molt capaç d'una cosa així.

Arreplegant tot el coratge de què era capaç, em vaig incorporar, vaig allargar la mà i vaig encendre el llum que hi havia a la tauleta de nit. La súbita resplendor em va enlluernar durant uns instants; després, quan els meus ulls es van acostumar a la llum, vaig comprovar que, a part de mi, no hi havia ningú a l'habitació.

Vaig sentir un immens alleujament, i alhora una soterrada inquietud. Què havia passat? A mesura que em tranquil·litzava vaig pensar que, en despertar-me, els meus somnis s'havien barrejat amb la realitat, que m'havia influït l'ambient d'aquella vella casa, que tot havia estat, en definitiva, producte de la meva imaginació.

Tanmateix, quan vaig apagar el llum, vaig trigar a tornar-me a adormir, ja que encara que fos un pensament absurd, no em podia treure del cap que aquella nit algú o alguna cosa m'havia visitat a la meva habitació.

3. Perpetuum mobile

Va estar plovent durant una setmana llarga. Poca cosa es pot fer en unes circumstàncies així, i menys quan un és un intrús, que era com jo em sentia a Villa Candelaria.

Els meus oncles no treballaven (eren rendistes), però cadascun d'ells es dedicava a les seves ocupacions sense fer-me gaire atenció. La tieta Adela passava els dies ocupada amb les feines de la casa; ajudada per la Ramona, l'assistenta, mantenia net i endreçat aquell gran casalot, i anava a comprar, i cuinava, i després, a les tardes, solia anar a prendre cafè amb les seves amigues a la terrassa coberta del Rhin, un bar restaurant situat davant de la platja. L'oncle Luis passava els matins fora i després, a les tardes, es tancava al seu taller del soterrani, d'on no sortia fins que era l'hora de sopar.

No és que m'ignoressin, ni de bon tros (la tieta Adela m'ensenyà la ciutat, i vaig anar un parell de vegades al cine amb l'oncle Luis), però ells eren adults i jo un adolescent, de manera que pocs plans podíem fer en comú. Pel que fa a les meves cosines, la Rosa anava a una acadèmia on li feien classes de matemàtiques i descriptiva, ja que es volia preparar per a l'ingrés a l'Escola d'Arquitectura. La Margarita s'estava bona part del dia fora de casa, en companyia dels seus amics revolucionaris, discutint, suposo, la teòrica manera d'acabar amb la dictadura. L'Azucena era sempre al costat de la seva mare i continuava sense parlar-me. I la Violeta... Bé, la nostra relació era un exemple perfecte de mútua antipatia. La Violeta passava les hores tancada a la seva habitació i, quan en sortia, no era precisament per passar una estona amb mi.

Què feia jo mentrestant? Avorrir-me com mai m'havia avorrit. Llegia molt (un llibre al dia) i escoltava la ràdio. Cada tarda, en particular, sintonitzava la SER per escoltar *Dos hombres buenos*, una radionovel·la d'aventures que m'encantava. Una vegada, la Violeta em va sorprendre sentint-la i, com era d'esperar, no va perdre l'oportunitat de deixar anar un dels seus comentaris àcids.

—Veig que els teus gustos estan millorant; ara et dediques als serials. Saps que, als quioscos, hi venen fotonovel·les?

Vaig estar a punt de dir-li que José Mallorquí, l'autor de *Dos hombres buenos,* era un dels escriptors més famosos de l'Estat espanyol, però vaig callar, perquè el que tenia ganes de fer de debò era estrangular-la.

A part de les novel·les i de la ràdio, m'estava molt temps a la biblioteca remenant entre els milers de llibres que hi havia (gairebé tots edicions molt antigues que, aleshores, a penes m'interessaven) i també parlant amb l'assistenta. La Ramona era una cinquantina afable i xerraire. Estava grassa, tenia més bigotis que jo i era, per resumir-ho amb dues paraules, molt basta. Però també era una dona molt simpàtica i li agradava parlar; de fet, solia explicar-me històries del lloc on havia nascut, la vall del Pas, una comarca càntabra que, segons els seus relats, semblava acabada de sorgir del Neolític.

Tot i el tedi que es respirava a Villa Candelaria, durant la primera setmana es van produir tres esdeveniments que, cadascun a la seva manera, van contribuir a trencar la monotonia d'aquells dies plujosos. El més misteriós de tots tres va ser el darrer, però no em vull avançar als esdeveniments, així que començaré contant l'estranya escena que vaig presenciar dissabte a la nit.

Devien ser més o menys les dotze. Acabava d'apagar el llum i estava a punt d'adormir-me quan vaig sentir una remor de murmuris que semblava que venia de l'exterior. Intrigat, vaig baixar del llit, vaig entreobrir les cortines i vaig mirar per la finestra. Al començament no hi vaig veure res, tan sols la pluja que queia suaument sobre el solitari jardí, però uns lleus sorolls a la meva esquerra van cridar la meva atenció i, en girar la mirada, vaig descobrir que algú havia sortit pel mirador de l'habitació de la Margarita i ara baixava cap al jardí, fent servir la canal del desguàs d'escala improvisada.

De primer vaig pensar que es tractava d'un lladre, però no podia ser, perquè, en lloc d'entrar a casa, n'estava sortint. Per desgràcia, la nit era molt fosca i només podia distingir la negra silueta del desconegut, que portava un impermeable amb la caputxa tirada. Només quinze segons més tard, l'estrany va saltar a terra i va arrencar a córrer cap a la tanca del darrere. Quan hi va arribar, es va aturar un instant, va girar la mirada cap a l'habitació de la Margarita i va saludar amb la mà. Va ser aleshores quan, gràcies a la resplendor tènue d'un fanal, vaig poder distingir el seu rostre. Era la Rosa.

Em vaig quedar glaçat. Què feia la meva cosina gran despenjant-se d'amagat per una canal en mig de la nit? Tot just em vaig plantejar aquesta pregunta, que la Rosa es va girar, es va enfilar per la tanca, va saltar a l'altre costat i va desaparèixer en la foscor. Al cap de poc, vaig sentir el soroll que feia la finestra de la Margarita en tancar-se. I així va acabar tot. Vaig tornar al llit i em vaig quedar una estona estirat cap amunt, tot reflexionant. Només se m'acudia una explicació per a la insòlita escena que acabava de veure: la Rosa no volia que els seus pares sabessin que havia sortit de casa. Però, per què? On anava?

Tot i que allò m'intrigava, vaig decidir ser discret i no preguntar.

* * *

El segon esdeveniment ni tan sols mereix aquest nom, tret que anomenem *esdeveniment* el fet d'ensopegar amb la segona llei de la termodinàmica. Va passar quatre dies després, dimecres a la tarda; la tieta Adela, acompanyada per l'Azucena, se n'havia anat a primera hora a fer uns encàrrecs. La Rosa i la Margarita havien sortit i la Violeta estava reclosa a la seva habitació, així que la casa estava més silenciosa que mai. Excepte per la música, un antic tango de Carlos Gardel, que brollava del soterrani.

Jo encara no havia estat en aquell lloc; tanmateix, ho reconec, sentia curiositat per veure'l. De manera que, després de passar mitja tarda llegint, fent voltes i avorrint-me com una ostra, vaig baixar les escales que duien al soterrani i vaig trucar a la porta amb els artells; com que ningú no va contestar, vaig obrir i vaig treure el cap pel llindar.

El taller ocupava un recinte enorme, sense finestres, i estava ple de gom a gom de trastos ben estranys. Al fons hi havia un banc de treball il·luminat per sis tubs de neó i, a la dreta, un tocadiscos i una nevera vella. Dues de les parets estaven tapades amb tot tipus d'eines i estris, mentre que les altres estaven ocupades per lleixes de fusta sobre les quals descansava una variada gamma d'artefactes indescriptibles. Del meu oncle, no n'hi havia ni rastre.

Gairebé sense adonar-me del que feia, vaig entrar al taller i em vaig acostar a les lleixes que eren a la meva esquerra: hi estaven exposades una dotzena de màquines plenes d'engranatges; una d'elles consistia en una doble roda giratòria en el perímetre de la qual hi havia quatre petites esferes de coure. Estava muntada sobre un peu de fusta en el qual una plaqueta deia: «*Perpetuum mobile* de primera espècie».

Vaig alçar les celles. Suposadament, allò era un mòbil perpetu, una màquina que, en rebre el primer impuls, no s'aturava mai més. Però això era absurd...

—Hola, Javier —va dir algú darrere meu.

Vaig fer un bot i vaig girar el cap. L'oncle Luis acabava de sortir d'una petita habitació contigua i em contemplava amb un somriure.

—T'he espantat, perdona —va continuar—. Era al magatzem, buscant un fil de coure, i no t'he sentit arribar.

—Pensava que no hi havia ningú —em vaig disculpar—. Però ja me'n vaig...

—No, queda't; sempre és agradable una mica de companyia —va assenyalar amb un gest l'artefacte que jo havia estat examinant i em preguntà—: Saps què és?

—Un mòbil perpetu.

—Exacte. És una reproducció d'un *perpetuum mobile* fabricat a Itàlia a començament del segle XVI. Les esferes són plenes de mercuri i, en girar la roda, produeixen un desequilibri que, en teoria, mantindrà la màquina en etern moviment. Tots els trastets que veus són classes diferents de mòbils perpetus. Aquests que estaves mirant es basen en el desequilibri, aquells altres en el magnetisme i els del fons en la hidràulica. Aquest d'aquí és invent meu: una roda excèntrica sobre coixinets magnètics en una campana de buit —va somriure amb satisfacció—. Modèstia a part, és força enginyós.

—Però el moviment perpetu no existeix —vaig objectar.

—Tens raó —va assentir ell—. I saps per què?

—Perquè va en contra del segon principi de la termodinàmica.

L'oncle Luis em va mirar amb sincera admiració.

—Vaja, molt bé. T'interessa la ciència?

—Més o menys. Llegeixo molta ciència-ficció.

—Ah, bé, doncs tots aquests trastos que tens al davant són pura ciència-ficció, perquè no funcionen. Els ho impedeix el maleït segon principi de la termodinàmica. Saps què afirma aquest principi?

—Que la calor, i tota forma d'energia, flueix d'on n'hi ha més cap a on n'hi ha menys, fins a arribar al punt d'equilibri.

—Sí, senyor, i precisament això és el que els passa a tots els mòbils perpetus: giren i giren fins que arriben a un punt d'equilibri i, llavors, s'aturen. Saps una cosa? Des de 1911 l'Oficina de Patents dels Estats Units no accepta cap sol·licitud de patent per a una suposada màquina de moviment perpetu. I amb raó.

L'oncle Luis va assenyalar un dels seus artefactes. Era una roda de fusta muntada sobre un eix horitzontal, amb una sèrie de ranures semicirculars a través de les quals rellliscaven unes boles d'acer.

—Aquest mòbil perpetu el dissenyà Leonardo da Vinci —va continuar—, però tampoc no funciona, és clar. Leonardo va comprendre que es tractava d'un afany impossible i va escriure aquestes sàvies paraules...

L'oncle va mostrar la plaqueta que hi havia a la base de l'artefacte. Em vaig inclinar cap endavant i vaig llegir el text que hi havia gravat: «Oh, vosaltres, investigadors del moviment perpetu, quantes quimeres no heu engendrat en aquesta recerca!».

Vaig aixecar el cap i vaig contemplar aquella curiosa col·lecció d'objectes impossibles.

—Els has construït tu? —vaig preguntar.

L'oncle Luis va assentir.

—És una afició com una altra qualsevol —va dir, gairebé excusant-se—. Una mica estranya, però inofensiva.

Vaig reflexionar uns instants.

—I per què ho fas? —vaig preguntar de nou—. Vull dir que, si saps que el moviment perpetu és impossible, per què construeixes aquests aparells?

—Doncs precisament per això —contestà ell—, perquè és impossible. Mira, el segon principi de la termodinàmica implica que tot, no tan sols els suposats mòbils perpetus, tot, insisteixo, a la llarga acabarà per assolir el seu punt d'equilibri. Això s'anomena increment de l'entropia, i significa que tu, jo, la Terra, el Sol, l'univers sencer acabarà aturant-se. Si t'ho pares a pensar, resulta un principi depriment. No m'agrada, és com una condemna a mort sense possibilitat d'indult —sospirà—. Suposo que, davant d'una llei universal com aquesta, un s'hauria de resignar, però a mi no em dóna la gana de quedar-me de braços plegats. Per això construeixo mòbils perpetus, perquè si algun, per un miracle, arribés a funcionar, voldria dir que el segon principi de la termodinàmica és erroni... Tot i que tu i jo sabem que no ho és —va tornar a sospirar—. Suposo que resulta una mica difícil d'entendre.

Vaig meditar-ho uns segons. Hi havia una certa lògica en el que deia el meu oncle.

—És com ara el Sant Graal —vaig suggerir—. Els cavallers del rei Artús el buscaven, encara que no existís, perquè l'important és buscar el Graal, no trobar-lo.

L'oncle Luis va alçar les celles i em va mirar amb sorpresa.

—Exacte —va dir—. Ets molt intel·ligent, Javier; ho has expressat molt millor que jo. El Sant Graal és el *perpetuum mobile.* Vaja, m'has deixat de pedra... Et mereixes un premi. Vols un refresc?

Vaig afirmar amb el cap. L'oncle Luis es va acostar a la nevera i en va treure dues ampolles de Coca Cola.

—Saps una cosa? —va dir mentre bevíem al costat del seu banc de treball—, ets la primera persona que entén el que faig. Ni l'Adela ni les meves filles han comprès mai que m'agradés fabricar artefactes impossibles. Però, és clar, això una dona mai no ho podria entendre.

—Per què?

—Doncs perquè les dones són més intel·ligents que nosaltres. I més pragmàtiques; tenen els peus ben plantats a terra i els sembla una estupidesa dedicar-se a tasques que no serveixen per res. I suposo que tenen raó; però els homes, almenys alguns, som diferents. Ens agrada somiar, oi? Per exemple, tu mateix; has dit que llegeixes ciència-ficció, oi? Doncs això significa que ets un somiador. I jo també ho sóc —va fer un trago llarg a la beguda i es va estar uns segons en silenci—. Ai, Javier, tu no saps el que és viure amb cinc dones. Sis, si comptem la Ramona.

—Em sembla que ho estic començant a descobrir.

—No, i ara, no en tens ni idea. I no és que em queixi, ni de bon tros. Gràcies a elles faig una vida tranquil·la i ordenada, però... El problema és que els agrada massa l'ordre. No sé, quan sóc al seu costat tinc sempre la sensació d'estar fent alguna cosa malament. Em sembla que per això em refugio en aquest taller; aquí puc fer la meva. Si en lloc de posar un tornavís allí, el poso aquí, ningú no em diu res i, si decideixo perdre el temps construint artefactes inútils, és cosa meva. Creu-me, Javier, aquest soterrani és el paradís.

Durant una estona vam beure en silenci les nostres Coca Coles, directament del coll de l'ampolla, amb glops llargs i circumspectes. Crec que va ser aleshores quan vaig comprendre de debò el que significava la companyonia entre els homes.

—La mare m'havia explicat que eres inventor —li vaig dir quan em vaig acabar el refresc.

—Sí, però no he inventat res massa important, no et pensis. Un fre elèctric per a camions, un sistema de suspensió hidràulica i coses així —va aixecar una cella, com si de sobte hagués recordat alguna cosa—. Ara que ho penso, sí que hi ha una cosa que segurament et pot interessar. Saps que un component del tren d'aterratge del mòdul lunar està basat en una patent meva?

L'oncle Luis va procedir llavors a explicar-me en què consistia aquest invent. Jo estava encantat que algú de la meva família hagués contribuït, encara que només fos una miqueta, al programa d'investigació espacial, però el cert és que a penes vaig entendre les seves explicacions, massa tècniques per als meus escassos coneixements de mecànica. Al cap de poc, ho reconec, vaig parar d'escoltar-lo i la meva ment va començar a divagar sense rumb fix. De sobte, vaig pensar en Beatriz Obregón i en les Llàgrimes de Shiva, i durant uns instants vaig considerar la idea de preguntar al meu oncle sobre això; però ho vaig rebutjar a l'instant, ja que de cap manera volia trencar els lligams de companyonia que aquella tarda s'havien establert entre ell i jo.

L'oncle Luis va concloure la seva embullada xerrada just quan el disc de Carlos Gardel acabava. Es va aixecar per posar-ne un altre (aquest cop un de Frank Sinatra), moment que jo vaig aprofitar per fer un cop d'ull al banc de treball. Damunt la superfície, s'hi amuntegaven vàlvules, diodes, transistors i tot tipus de components electrònics que jo no podia identificar.

—Fas un altre mòbil perpetu? —vaig preguntar.

—Un mòbil perpetu? —l'oncle Luis va passejar la mirada pel banc i va moure el cap—. No, i ara; estic construint un... Bé, és un projecte nou sense gaire interès —va consultar el rellotge—. I ja vaig força endarrerit; em sembla que hauria de tornar a la feina.

Vaig comprendre que es volia quedar sol, així que em vaig acomiadar i vaig abandonar el soterrani. Aquella nit, suposo que influït per la conversa amb l'oncle Luis, vaig somiar amb un món en el qual els ocells volaven i mai no deixaven de volar, un món en el qual els rius fluïen sense pausa, en el qual el vent arrossegava els núvols per tota l'eternitat i el compàs de la Lluna donava corda per sempre al rellotge de les marees; un món, en definitiva, de moviment perpetu.

* * *

I arribem, finalment, al tercer dels esdeveniments que van ocórrer aquella plujosa setmana. Va ser el més misteriós de tots i també el més important, ja que, en certa manera, va iniciar la cadena d'episodis que acabaria conduint al desenllaç final d'aquesta història.

Va passar l'endemà de la meva visita al soterrani, al vespre; jo era a la meva habitació, assegut davant la taula, llegint una novel·la d'Asimov. Un silenci dens, esquitxat pel batre de la pluja, envoltava la casa. De sobte, vaig sentir el so d'uns passos que s'acostaven pel passadís, un taloneig de dona, lleu i rítmic, que es va aturar en arribar davant la meva porta. Vaig aixecar el cap del llibre, pensant que algú entraria a l'habitació, però això no va passar. Durant els segons següents només va haver-hi silenci i quietud.

Vaig sentir un calfred. Una dona s'havia apropat a l'entrada de la meva cambra per romandre-hi sense fer res? Incorporant-me de cop, em vaig acostar a la porta i la vaig obrir bruscament. No hi havia ningú. Tanmateix, em va semblar notar un moviment davant meu, una cosa com el revolt d'una faldilla en girar el recolze de l'escalinata que portava a les golfes. Vaig arrencar a córrer cap allí però, en arribar-hi, vaig descobrir que aquell tram d'escales era buit. Vaig sentir un desconcert profund; tenia al·lucinacions? Aleshores em vaig adonar que en l'aire hi flotava una aroma dèbil, un perfum que ja havia olorat una altra vegada.

Tot d'una, vaig experimentar la intensa sensació que algú m'espiava. Vaig tombar el cap i vaig veure la Violeta, a l'altre extrem del passadís, que em mirava fixament amb una expressió estranya en el seu rostre.

—L'has vista —va dir al cap d'uns segons.

—A qui?

La Violeta va decantar el cap i em va mirar encara més fixament, com si jo fos un jeroglífic difícil de resoldre.

—És increïble —murmurà—; mai no hagués pensat que tu, precisament tu, la poguessis veure.

—De qui em parles? —vaig protestar—. No he vist res.

Va somriure amb ironia; després, alçà el cap i aspirà pel nas.

—De què fa olor? —preguntà.

—De flors...

—De nards. Però ara no és l'època dels nards.

—Doncs deu ser un perfum.

La Violeta va sacsar el cap.

—Cap de nosaltres no es posa perfum de nards. Aleshores, d'on ve aquesta olor?

Vaig arronsar les espatlles. La veritat és que aquella conversa tan incongruent em posava nerviós.

—No en tinc ni idea —vaig dir, una mica irritat—. Què importa de què faci olor?

La Violeta va trigar uns segons a contestar.

—Menteixes —va dir finalment—; l'has vist.

Seguidament, va fer mitja volta i va començar a caminar cap a la seva habitació.

* * *

Què havia passat aquella tarda al corredor de Villa Candelaria? De debò que no ho sé. Vaig sentir el so d'uns passos i vaig veure, o vaig creure que veia, el vol d'una faldilla desapareixent rere l'escala. Més tard, quan reflexionava sobre tot allò, vaig pensar que, si realment es tractava d'una faldilla, devia ser molt ampla, d'aquestes que arriben fins als turmells. La faldilla llarga d'un vestit blanc.

També vaig percebre una aroma, el mateix perfum de nards que havia envaït la meva habitació la primera nit que vaig passar a Villa Candelaria, quan em va semblar escoltar una respiració en la foscor i vaig intuir que una presència invisible era al meu costat.

Vaig recordar una vegada i una altra aquells moments, tot provant de recordar algun detall que em permetés comprendre el que havia passat, però per moltes voltes que li vaig donar tan sols vaig poder arribar a conclusions absurdes. Hi havia un fantasma a Villa Candelaria? El fantasma d'una dona?

No tenia gaire sentit, és clar; els fantasmes no existeixen. M'estava deixant suggestionar per aquell vell casalot, de sostres alts, de racons foscos i ple d'antiguitats, i això em feia veure, sentir i olorar coses que no existien. Tanmateix... Per què tenia la sensació que la Violeta sabia, d'alguna manera, el que passava? De fet, l'actitud de la Violeta cap a mi canvià per complet a partir d'aquell dia, com si després d'aixecar un mur entre nosaltres hagués decidit, per una altra raó, tombar-lo.

L'endemà, divendres, el dia va apuntar amb núvols, però sense pluja. Des de primeres hores del matí va haver-hi a Villa Candelaria un tràfec intens; la tieta Adela havia decidit encerar el terra de la casa, així que ella, la Ramona i les meves quatre cosines, després d'apartar tots els mobles i catifes, es van armar amb draps i, de genolls, van començar a distribuir sobre la fusta capes i capes de cera perfumada. Jo em vaig oferir a col·laborar, i em va ser assignat el paper de polidor; quan el terra d'una estança estava convenientment encerat, em posava uns draps als peus i començava a patinar d'un costat a l'altre, tot deixant al meu pas una lluentor refulgent.

Més tard, havent repartit la cera per tot el terra, les meves cosines es van calçar uns patins de roba i es van unir amb entusiame a la tasca de polir. Suposo que oferíem un espectacle estrany, semblant a un grup de patinadors lliscant sobre un llac de fusta glaçat, una estampa d'hivern que, paradoxalment, tenia lloc a començament d'estiu.

A última hora del matí, quan la fusta lluïa com un mirall, la tieta Adela va distribuir pel terra uns fulls de diari, advertint-nos que havíem de desplaçar-nos per aquelles senderes de paper imprès i que, en cap concepte, podíem trepitjar la fusta. La Rosa, la Margarita i la Violeta se'n van anar al pis de dalt, i jo em vaig quedar a la sala, mig estirat en una butaca. M'encantava l'olor de la cera; era càlida i envoltant, i em recordava casa meva, quan ajudava la mare a encerar el terra. Vaig tancar els ulls; estava cansat i em feien una mica de mal els músculs de les cames, però era agradable deixar-se portar per aquell dolç ensopiment...

Vaig notar un soroll de passos lleu i vaig obrir els ulls. L'Azucena, la més petita de les meves cosines, era davant meu, i em mirava de fit a fit.

—Hola —la vaig saludar.

L'Azucena no va contestar.

—T'ho has passat bé patinant?

L'Azucena va assentir.

—Saps? —vaig dir després d'un silenci incòmode—, hi ha una cosa que m'estranya: sempre ets a casa, o amb les teves germanes, o amb la teva mare. Que no tens amics de la teva edat?

L'Azucena va arronsar les espatlles. Un nou silenci.

—Escolta, que mai no parles?

L'Azucena va negar amb el cap.

—Doncs que bé... —vaig sospirar mentre m'incorporava—. Bé, Azucena, ha estat un plaer fer petar la xerrada amb tu, però pudo a suor, així que és millor que em vagi a canviar de roba.

Seguit per la intensa mirada de la meva cosina, vaig abandonar la sala i vaig pujar a la segona planta. Abans d'entrar a la meva habitació, vaig anar al bany contigu a la cambra de la Margarita, ja que em volia netejar una mica, però no vaig arribar a entrar-hi. De fet, em vaig quedar paralitzat davant la porta, esglaiat, al·lucinat, estupefacte. El bany era ocupat.

En fi, el meu estupor no es devia al fet que el bany estigués ocupat, és clar, sinó més aviat a la persona que l'ocupava. La porta era entreoberta i, a través de l'escletxa, hi podia veure amb absoluta nitidesa la Margarita. S'estava dutxant. Completament nua (la qual cosa és natural si un s'està dutxant).

Crec que el que vaig sentir en aquell moment no va ser exactament una impressió eròtica, encara que també, sinó estètica. La Margarita estava preciosa tota nua, amb els cabells regirats i l'aigua acariciant-li la pell. Semblava, no sé, una nimfa, una fada, una estàtua de marbre sota el brollador d'una font. Podria haver estat hores mirant-la i, en certa manera, hores em van semblar els escassos segons que vaig romandre allí, davant el bany, contemplant la seva nuesa resplendent, però per fortuna no vaig trigar a recuperar el judici. Si algú em descobria fent el que estava fent, difícilment el podria convèncer que jo no era un fastigós tafaner (de fet, ho era), així que, procurant no fer soroll, em vaig allunyar del bany i vaig entrar a la meva habitació.

Sentia que em bullien les galtes. Deixant de banda les revistes prohibides que el meu germà aconseguia no sé com ni on, era la primera vegada que veia una dona nua. I he de confessar que no em podia treure aquesta imatge del cap, com si les corbes daurades de la meva cosina posseïssin una qualitat magnètica que m'impedís apartar-les de la meva ment. Tan alterat estava que vaig fer un bot quan van sonar uns cops a la porta.

—Qui és? —vaig exclamar amb veu massa alta i aguda.

—La Violeta. Puc entrar?

Em vaig acostar amb tres gambades a la porta i la vaig obrir de bat a bat.

—Què vols? —vaig demanar; estava fet un sac de nervis.

La Violeta em mirà amb estranyesa.

—Que et passa res? —va preguntar.

—No, i ara. Estic molt bé, fenomenal, perfectament. Per què ho dius?

—No ho sé, sembles sufocat...

—Deu ser per l'exercici. Bé, que volies res?

La Violeta em va observar amb recel; després, va arronsar les espatlles i em va allargar el llibre que portava a la mà.

—Et venia a dur aquesta novel·la —va dir—. No és de ciència-ficció, però he pensat que et podria agradar.

Vaig agafar el llibre sense fer-li un cop d'ull a la portada.

—D'acord, moltes gràcies; el llegiré. Res més?

—No... —va arrugar la cella—. De segur que estàs bé?

—Com una rosa —vaig respondre—. Gràcies pel llibre. Fins ara.

Vaig tancar la porta de cop, em vaig eixugar amb la màniga de la camisa la suor que em perlava el front i em vaig asseure al cairell del llit. Vaig provar de tranquil·litzar-me; m'havia enxampat en falta, com si tothom sabés que havia estat espiant la Margarita. Però això era fruit de la meva imaginació, vaig pensar, ningú no m'havia vist i el millor que podia fer era deixar de donar voltes a l'assumpte.

Vaig respirar fondo unes quantes vegades i vaig moure el cap per espantar el record del cos de la meva cosina. Al cap d'uns minuts, quan vaig recuperar la meva temperatura normal, em vaig adonar que encara tenia a les mans el llibre que m'havia donat la Violeta. El vaig mirar: es titulava *El vigilant en el camp de sègol* i el seu autor era un tal J. D. Salinger.

Vaig contemplar aquella novel·la amb desconfiança; el títol era molt estrany i jo tenia dubtes seriosos sobre els gustos literaris de la meva cosina, així que no era precisament entusiasme el que sentia quan vaig obrir el llibre i vaig començar a llegir el primer paràgraf.

«Si de debò els interessa el que els explicaré, el primer que voldran saber és on vaig néixer, com va anar tot això de la meva infantesa, què feien els meus pares abans de tenir-me, i altres punyetes a l'estil de David Copperfield, però no tinc ganes de contar-los res de tot això.»

Vaja, em vaig dir; un llibre que s'inicia així bé es mereix una oportunitat...

* * *

Va tornar a ploure a la tarda. Havent dinat, vaig pujar a la meva habitació, em vaig estirar al llit i vaig estar un parell d'hores llegint *El vigilant en el camp de sègol.* Aquella novel·la m'havia atrapat des de les primeres línies, i això que a penes tenia argument. El relat, narrat en primera persona, explica la història de Holden Caulfield, un noi de disset anys que, una mica abans de Nadal, va fugir de l'escola. I aquesta era tota la trama de la novel·la: els tres dies que durava la fugida del protagonista. Però, a més, aquell relat mostrava els records, els pensaments i les emocions de Holden, la confusió, la tristesa i el sentit de l'humor. El cert és que no podia evitar d'identificar-m'hi i, moltes de les coses que expressava el personatge, tot i que jo mai no les hagués pensat, passaven a ser meves al segon després de llegir-les.

Però hi havia alguna cosa més: no vaig trigar a comprendre que quan Holden Caulfield deia alguna cosa, en realitat en volia dir una altra, com si per darrere el text escrit hi hagués paraules invisibles. En certa manera, aquell llibre eren dues novel·les alhora: una la que es podia llegir, i una altra la que s'intuïa més enllà de la lletra impresa. I això, em sembla, era el que donava tanta autenticitat al relat, ja que la vida, tal com vaig esbrinar amb el pas dels anys, sempre amaga una cosa diferent d'allò que un veu a primera vista.

Cap allà a dos quarts de sis, potser una mica aclaparat per la solitud de l'habitació, vaig decidir continuar la lectura a la planta baixa. Em vaig dirigir a la sala i, en arribar-hi, vaig descobrir que hi havia totes les dones de la família; és a dir, gairebé tota la família al complet, amb l'única excepció de l'oncle Luis, que, si s'ha de jutjar per la música que venia del soterrani, estava treballant al seu taller.

La meva tieta i les quatre filles componien una estampa plàcida, una imatge serena que més endavant, en el record, sempre associaria a la tranquil·litat de l'estiu. Eren molt a prop les unes de les altres, en un racó, entre el mirador i un gran finestral (suposo que per aprofitar millor la llum). La Rosa estava asseguda en un sofà, amb un gran quadern de dibuix damunt els genolls i un llapis a la mà. Al seu costat, la tieta Adela, armada de fil i agulla, es dedicava a brodar sobre una tela muntada en un teler. La Violeta estava estirada al terra, escrivint amb un bolígraf Bic en una de les seves llibretes de paper quadriculat. L'Azucena romania asseguda als peus de la seva mare, mirant-ho tot amb aquells ulls tan grossos.

Pel que fa a la Margarita, he de reconèixer que em vaig quedar amb la boca oberta quan vaig veure el que feia, ja que, igual que la seva mare, estava brodant. Margarita Obregón, la rebel, la d'esquerres, la revolucionària, estava brodant com una burgeseta! Qui ho hagués dit... M'hi vaig acostar i vaig contemplar la seva labor, una rosa vermella entre belluguets d'heura. Suposo que la Margarita va notar la ironia que lluïa en la meva mirada, ja que clavà l'agulla a la roba, va deixar el teler a un costat, es va aixecar, em passà un braç per les espatlles i em digué:

—Home, cosinet; m'alegro de veure't. Va, vine un moment amb mi, que et vull comentar una cosa.

Em va conduir al rebedor, es va aturar al costat de l'escala i em mirà somrient, de fit a fit; els seus preciosos ulls blaus parapetats rere les ulleres de John Lennon.

—Suposo que t'ha sorprès veure'm brodant —va dir—. És natural, no encaixa amb el meu caràcter. Però m'agrada brodar, què hi faré; és una afició com qualsevol altra que m'ajuda a relaxar-me. És clar que algú s'ho podria prendre de broma, i això no m'agradaria gens. Ho entens?

—És clar —vaig contestar, reprimint amb prou feines un somriure sardònic.

—Sempre he pensat —va continuar ella—, que s'ha de ser comprensiu amb les debilitats d'altri. Per exemple, jo comprenc perfectament que aquest matí m'estiguessis espiant mentre em dutxava.

Em vaig posar vermell com un tomàquet i vaig començar a balbucejar tot provant de rebatre aquella acusació, però sense trobar les paraules per fer-ho.

—No, no et molestis a negar-ho, Javier, perquè, tot i que no portava posades les ulleres, et vaig veure perfectament. A més, m'és indiferent; no m'avergonyeixo del meu cos i tampoc no em sembla dolent alegrar la vista al meu estimat cosinet —va fer una pausa i continuà—: Però potser els teus oncles no siguin tan comprensius com jo, no et sembla? Digues-me, t'agradaria que els meus pares sabessin que m'has estat espiant mentre em dutxava?

Vaig moure el cap, amb tanta energia que vaig notar una estirada al coll.

—És clar que no —va continuar ella—. I a mi tampoc no m'agradaria que anessis explicant a tothom que m'ho passo bé brodant. Ho entens, oi?

Vaig assentir unes quantes vegades.

—D'acord, doncs. Ara ja podem tornar, cosinet; no fos cas que es pensessin que estem fent alguna cosa lletja.

Em va picar l'ullet i va començar a caminar cap a la sala. I jo em vaig quedar allí, dret enmig del rebedor, sentint-me (aquesta vegada amb autèntics motius) enxampat en falta. Tanmateix, potser a causa de l'actitud desinhibida de la Margarita, allò ja no em semblà tan important. Vaig tornar a la sala uns minuts més tard i vaig contemplar, per damunt de la seva espatlla, el dibuix que estava fent la Rosa. Era un esborrany a llapis de l'habitació, amb la perspectiva molt *fugada.*

—Dibuixes molt bé —vaig dir.

—Gràcies, faig el que puc —va contestar ella amb genuïna modèstia—. He de practicar per a l'ingrés a Arquitectura —em mirà de reüll i, com si de sobte se li hagués acudit una idea, afegí—: Em vols ajudar? Asseu-te en aquesta butaca, davant meu; et faré un retrat.

Vaig fer el que la Rosa m'havia demanat, però sempre m'ha incomodat posar, així que no sabia com posar-m'hi.

—Què faig? —vaig preguntar.

—Quedar-te quiet. Posa't a llegir si vols.

Vaig obrir *El vigilant en el camp de sègol* i vaig reprendre la lectura. La Rosa va passar una pàgina del seu gran quadern de dibuix, m'observà fixament durant un llarg minut i després, amb traços ràpids i precisos, va començar a desplaçar el llapis pel paper. Una mica després, la tieta Adela es va aixecar, va posar un disc de Bach i va continuar brodant. Al cap d'una estona, els núvols es van dissipar i la tarda es va tornar lluminosa. I així va ser com, per primera vegada, vaig participar del ritme lent que presidia la vida a Villa Candelaria.

I crec que també va ser aleshores quan vaig fer un descobriment important. La Rosa dibuixava, la tieta Adela i la Margarita brodaven, la Violeta escrivia, l'Azucena mirava. Concentrades cadascuna d'elles en la seva tasca, no parlaven entre elles, però d'alguna manera estaven completament unides, com si fossin un mateix organisme, com si en tinguessin prou amb el silenci per comunicar-se. Reconec que no vaig poder evitar de sentir una mica d'enveja per aquella harmonia, i també tristesa, ja que vaig comprendre que jo mai no podria formar part de l'íntim univers que formaven aquelles cinc dones. I això era així, no pel fet de ser jo un intrús, sinó, senzillament, per la meva condició d'home.

Aquella tarda també vaig aprendre a apreciar el pas

del temps, i vaig percebre els tènues canvis de llum a mesura que el sol es desplaçava en el cel, i vaig notar com els colors es transformaven, com les ombres es prolongaven, com l'atmosfera anava adquirint, de mica en mica, la textura de la nit. Va ser un moment màgic i irrepetible; de fet, el cert és que vaig llegir molt poc, ja que de sobte tot em va semblar digne de ser observat. La Rosa em mirava i dibuixava, i jo veia la Violeta com escrivia, i em preguntava què escrivia, i la Violeta, de tant en tant, em contemplava de reüll, suposo que per assegurar-se que la novel·la que m'havia deixat m'agradava. I mentrestant, l'Azucena mirava tothom.

Abans que es fes fosc, la Rosa va acabar el retrat i me l'ensenyà. Hi apareixia jo de mig cos, amb un llibre obert entre les mans, el cap inclinat i mirant de reüll cap a la dreta (suposo que a la Violeta). El retrat era bo, molt bo, però el que més em va cridar l'atenció fou la mirada que la Rosa havia plasmat en els meus ulls; hi havia una barreja de sorpresa i de desconcert que, per a mi, reflectia amb saviesa el que jo era en aquell temps. I, suposo, el que encara continuo sent.

La Rosa em regalà el dibuix; encara el conservo i sovint me'l quedo mirant força estona, per a no oblidar, m'imagino, les coses importants que vaig aprendre aquell estiu.

Dissabte em vaig despertar molt d'hora, però em vaig quedar una estona al llit llegint sense descans fins que vaig acabar el llibre, i tot i així em vaig estar una estona més ajagut, pensant. *El vigilant en el camp de sègol* m'havia impressionat com, fins aleshores, poques lectures ho havien fet. Estava commogut, i em sentia una mica més savi. Hi havia un passatge, en particular, que sense saber molt bé el que volia dir, em semblava ple de significats. Abans de llevar-me el vaig rellegir:

> «Saps el que m'agradaria ser? Saps el que m'agradaria ser de veritat si pogués triar? Mira... Moltes vegades m'imagino que hi ha un munt de nens jugant en un camp de sègol. Milers de nens. I hi són sols, vull dir que no hi ha ningú gran cuidant-los. Només jo. Sóc a la vora d'un precipici i la meva tasca consisteix a evitar que els nens hi caiguin. Quan comencen a córrer sense mirar on van, jo surto d'on sóc i els agafo. Això és el que m'agradaria fer sempre. Vigilar-los. Jo seria el vigilant en el camp de sègol. Et deu semblar una ximpleria, però és l'única cosa que m'agradaria fer de veritat.»

Resulta una mica estrany, ja ho sé, però exactament així em sentia jo: com algú que busqués el seu lloc en el món sense saber gaire bé com és aquest lloc ni on es troba.

Em vaig llevar molt tard, de manera que vaig esmorzar sol a la cuina, amb la companyia intermitent de la Ramona, que anava i venia, ocupada en els seus quefers. Després, havent deambulat una estona per la casa a la recerca de la Violeta, sense trobar-la, em vaig dirigir a la biblioteca i allí em vaig passar uns minuts mirant els llibres que atapeïen els prestatges de la llibreria. Gairebé tots eren edicions antigues d'obres escrites per autors per a mi desconeguts; no vaig trigar, tanmateix, a trobar un títol familiar. Era *Frankenstein o el Prometeu modern*, de Mary Shelley, una novel·la que estava considerada com el primer llibre de ciència-ficció. Tot i que havia vist pel·lícules basades en aquesta obra, no l'havia llegida, així que la vaig treure del prestatge i, després d'espolsar-la, la vaig obrir pel començament.

Era una edició de 1897, amb tapes de cartró i un paper gruixut i porós que ara groguejava a causa del temps i la humitat. Però no va ser cap d'aquests detalls el que em cridà l'atenció, sinó el que hi havia escrit a la primera pàgina amb tinta verda i una cal·ligrafia acurada. Era un nom, Beatriz Obregón Hurtado, i una data, 1901.

Em vaig quedar de pedra; aquest llibre havia estat propietat de Beatriz Obregón, la misteriosa avantpassada que, segons la Margarita, era la lladre de la família? Va ser com veure, aquesta vegada de manera tangible, un fantasma. Em vaig acostar al retrat de la Beatriz i el vaig contemplar durant molta estona, sentint una estranya sensació d'irrealitat en tenir entre les mans un objecte que havia pertangut a aquesta dona, com si les dècades que ens separaven haguessin quedat esborrades de cop en compartir, ella i jo, aquell llibre.

Aleshores, la porta es va obrir, i la Violeta va entrar a la sala. Portava una camisa molt ampla, amb les mànigues apujades, uns pantalons texans vells i unes botes de bàsquet. Per què s'entossudia, em vaig preguntar, a vestir com un noi?

—Hola —la vaig saludar.

Sense contestar-me, la Violeta va fer un cop d'ull al quadre que jo havia estat mirant.

—És guapa, oi? —va dir, sense apartar els ulls del retrat.

—Sí, molt; tot i que sembla trista —li vaig mostrar l'exemplar de *Frankenstein*—. Mira, he trobat un llibre amb el seu nom.

La Violeta va arronsar les espatlles.

—Hi ha molts llibres seus per la casa, gairebé tot són novel·les gòtiques. A la Beatriz li agradaven les històries tremebundes, com a tu. Per cert, ja has llegit el llibre que et vaig deixar?

—Sí, i m'ha encantat. És.., és.., és com si l'autor l'hagués escrit per a mi. En fi, no sé com explicar-ho, però m'ha agradat molt. No t'importa que me'l quedi uns dies més? El voldria tornar a llegir.

Els llavis de la meva cosina van iniciar un somriure.

—Te'l regalo —va dir—; en tinc un altre exemplar. I fas bé de rellegir-lo; jo ja ho he fet set vegades.

—Doncs, gràcies...

La Violeta va tornar la mirada cap al retrat de la Beatriz i es va estar uns minuts en silenci.

—Em sembla que és ella —va dir finalment.

—Com...?

—Beatriz Obregón. Em sembla que la vas veure l'altre dia.

—T'has tornat boja? Jo no...

—Abans-d'ahir —em va interrompre—, quan ens vam trobar al passadís, et vaig veure mirant cap a l'escala. Estaves pàl·lid, Javier, i espantat. Què vas veure?

En fi, podia haver continuat negant-ho tot, però no semblava que la Violeta es volgués riure de mi, ans el contrari, així que finalment vaig acabar parlant-li de l'episodi de la respiració a l'habitació, dels passos que vaig sentir rere la porta i del vol d'una faldilla que em va semblar veure a les escales. La Violeta es va quedar pensarosa i, després d'un prolongat silenci, va dir:

—Sempre és així; mai no apareix del tot —sospirà—. Jo també l'he vista, Javier. Moltes vegades. Un moviment que entreveus per la cua de l'ull i, quan gires el cap, ja no hi ha res; un reflex al vidre de la finestra, una ombra, el so d'uns passos, la sensació que hi ha algú al teu costat quan ets sola... I sempre, sempre, sempre, l'olor de nards. I saps el que és més estrany de tot? Ningú més no l'ha vista; ni els pares ni les meves germanes —va fer una pausa i va afegir—: Bé, potser l'Azucena sí. Fa uns quants anys, quan era molt petita, parlava d'una senyora de blanc que venia a visitar-la a les nits. Els pares pensaven que eren fantasies seves, però...

—Un moment —la vaig interrompre—. Estàs dient que hi ha un fantasma a casa?

La Violeta va desviar la mirada de sobte, semblava avergonyida.

—Em pensava que només jo la podia veure. Fins i tot vaig arribar a pensar que estava tocada del bolet; però ara, de sobte, apareixes tu i també la veus. És estrany; la veritat, no sé què pensar-ne.

—A veure si ens aclarim —vaig insistir—. Dius que aquí hi ha un fantasma —vaig assenyalar el quadre—. El fantasma de Beatriz Obregón?

La meva cosina va arronsar les espatlles.

—No n'estic segura, però em sembla que sí, que és ella.

Vaig esclafir a riure.

—Això és una ximpleria —vaig objectar—. Els fantasmes no existeixen.

La Violeta va arrugar la cella.

—Aleshores, com expliques el que t'ha passat?

—Jo que sé. Imaginacions meves, suposo. Però, fantasmes...? És absurd.

—I això, qui ho diu? —va replicar ella, irritada—. Algú que només llegeix ciència-ficció?

—La ciència-ficció no tracta de fantasmes.

—No, és clar, tracta d'homenets verds, que és un tema molt més seriós.

Vaig respirar fondo. La Violeta tenia la virtut de treure'm de polleguera.

—Quan llegeixo ciència-ficció —vaig replicar enfadat—, sé que el que llegeixo és una fantasia. Però tu em parles de la vida real. Així que hi ha un fantasma a casa, oi? —vaig dibuixar un somriure sarcàstic—. I per casualitat no has vist follets pel jardí?

La Violeta va encaixar la mandíbula i va posar els braços fent nanses.

—Tan estúpid és qui s'ho creu tot —m'engegà furiosa—, com qui no es creu res, encara que els fets demostrin el contrari —va bufar—. No sé per què perdo el temps parlant amb tu.

Va moure el cap i va començar a caminar cap a la sortida. Aleshores vaig comprendre que estava sent injust, que la Violeta s'havia acostat a mi, per primera vegada, pensant que compartíem alguna cosa (encara que fos una cosa tan ridícula com un fantasma), i que amb la meva actitud l'únic que havia aconseguit és separar-nos un altre cop.

—Espera —la vaig aguantar—. D'acord, perdona, no m'hauria d'haver rigut de tu —vaig fer una pausa i vaig continuar—: Vejam, suposem que hi ha un fantasma, i suposem també que és el fantasma de Beatriz Obregón. Aleshores, què vol? Per què es dedica a fer voltes per la casa jugant a fet i amagar?

Encara malhumorada, la Violeta va arronsar les espatlles.

—No ho sé —va murmurar.

—Doncs, aleshores explica'm alguna cosa de Beatriz Obregón. La Margarita va comentar que era una lladre, però no em va dir res més. Què va fer aquesta dona? I que són les Llàgrimes de Shiva?

De mica en mica, el semblant de la Violeta es va anar suavitzant.

—No coneixes la història? —va preguntar una mica incrèdula.

—No.

—Doncs te l'explicaré. Però no aquí; vine, anem a fer un volt.

Dit això, va fer mitja volta i es va dirigir cap a la porta. Vaig deixar a cuita-corrents l'antic exemplar de *Frankenstein* en el seu lloc a la llibreria i la vaig seguir.

—On anem? —vaig preguntar.
—Al cementiri —va contestar la Violeta.

4. L'estranya història de Beatriz Obregón

El matí era clar i net, però una mica fresc. El cementiri era als afores de la ciutat, i per arribar-hi vam haver d'agafar un autobús. La Violeta no va dir res durant el trajecte i, quan vam ser-hi, es va limitar a indicar-me que la seguís a través d'aquell arxipèlag de creus i làpides. Finalment, després d'endinsar-nos en la zona més antiga, es va aturar davant d'un mausoleu de marbre negre coronat per l'estàtua d'un àngel i envoltat per una tanca de ferro. Sobre l'entrada del sepulcre, un rètol traçat amb cisell deia:

FAMÍLIA OBREGÓN

—Aquí dins hi són enterrats tots els membres de la meva família des de mitjan segle XIX —va dir la Violeta—. Amb una excepció...

Vam fer la volta a la tanca; d'esquena al mausoleu hi havia una tomba solitària amb un inscripció senzilla.

†

Beatriz Obregón
1879-1901

Al peu de la làpida, hi reposava un ramet de flors. Em vaig girar cap a la Violeta amb una pregunta muda en la mirada.

—Va ser el meu besavi Ricardo —m'explicà ella—, el germà de la Beatriz, qui va decidir que la sepultura no fos a dins del mausoleu, sinó darrere, apartada de la vista, suposo que per demostrar la reprovació de la família.

Vaig fer una altra vegada un cop d'ull a la inscripció de la làpida.

—Només tenia vint-i-dos anys quan va morir —vaig observar—. Què li va passar?

La Violeta va arronsar les espatlles.

—La tomba és buida. No hi ha ningú a dintre, i mai no hi ha hagut ningú.

—I això?

La meva cosina es va repenjar contra la tanca.

—És millor que comencem pel principi —va dir després d'un breu silenci—. El meu rebesavi, Teodoro Obregón, va tenir dos fills: en Ricardo, el gran, i la Beatriz. En Ricardo es va casar aviat, de manera que, a les darreries del segle XIX, només vivien a Villa Candelaria la Beatriz i els seus pares. Aleshores hi havia a Santander un grapat de famílies molt riques; els

Obregón n'érem una, però la més poderosa de totes era la família Mendoza. Doncs bé, una mica abans de la fi de segle, el meu rebesavi va pactar el casament de la seva filla Beatriz amb Sebastián Mendoza, el primogènit dels Mendoza.

—Encara hi havia casaments de conveniència en aquella època?

—Sí, almenys entre la classe alta. Per a Don Teodoro, el meu rebesavi, aquell matrimoni significava emparentar amb una de les fortunes més grans d'Espanya. Però això no significa que no fos un casament sense amor, almenys per una de les parts. Pel que diuen, Sebastián Mendoza adorava la Beatriz.

—Era molt guapa —vaig observar, tot recordant el seu retrat.

—Sí que ho era. Sebastián Mendoza estava tan enamorat d'ella que li va fer un regal de compromís fabulós: les Llàgrimes de Shiva.

Vaig fer un bot en sentir aquell nom.

—Què és això? —vaig preguntar.

—Tu les has vistes. La Beatriz les porta posades en el seu retrat.

Vaig fer memòria, tot provant de recordar els detalls d'aquella pintura. Què portava Beatriz Obregón? De sobte, hi vaig caure.

—El collar... —vaig mussitar.

—Això mateix —assentí la Violeta—. Sebastián Mendoza va comprar cinc pedres precioses procedents de l'Índia, cinc maragdes enormes amb forma de llàgrima —va fer un petit silenci i, quan va tornar a parlar, ho va fer com si recités un text après de memòria—:

Segons una antiga llegenda, el dimoni Ravana odiava el déu Shiva, perquè aquest l'havia traït en retirar-li el suport que li donava per lluitar contra el déu Vishnu. Per això, Ravana va decidir venjar-se arrabassant-li, a Shiva, el que més estimava: la seva muller, Durga. Una nit, Ravana va entrar a la residència de Durga i l'assassinà: li va arrencar el cor, el cervell, els ronyons i el fetge. Shiva, en veure el cadàver de la seva estimada, va vessar cinc llàgrimes. Llavors va passar un prodigi: les llàgrimes es van convertir en els òrgans que Ravana havia tret a Durga, i així va ser com aquesta ressuscità, gràcies a l'amor que li professava el seu marit —va haver-hi un altre silenci—. Bé, doncs aquesta és la llegenda que va donar nom a les maragdes: les Llàgrimes de Shiva. Sebastián Mendoza va fer encastar les cinc maragdes en un collar d'or i brillants i el va oferir a la Beatriz com a regal de compromís. Aquella joia valia milions, Javier. Era tan meravellosa que, durant una setmana, va estar exposada a l'ajuntament perquè tothom la pogués veure. Aquell casament es va convertir en l'esdeveniment més important de la ciutat.

—I què va passar?

—Es va fixar la data de la boda per al 10 de juny de 1901, però mai no s'arribà a celebrar, perquè el dia abans de la cerimònia la Beatriz va desaparèixer.

—Va desaparèixer?

La Violeta va fer un gest vague.

—Es va esfumar, se'n va anar a la francesa. Però això no va ser el pitjor, ja que no seria la primera vegada que deixen plantat un nuvi al peu de l'altar. El problema gros va venir després. Quan un dels promesos trenca el compromís de casament, està obligat a tornar els regals, de manera que els Mendoza van exigir als Obregón que tornessin les Llàgrimes de Shiva —va fer una pausa i va afegir—: Però el collar també havia desaparegut.

—La Beatriz el va robar?

—Això és el que va pensar tothom que la Beatriz havia fugit amb el collar. Va ser un escàndol. Els Mendoza van acusar de lladres els Obregón, va haver-hi plets, insults i moltes males històries. I així fins ara.

—I què va passar amb la Beatriz?

—Mai més no se'n va saber res. Deu anys després, el seu germà la va donar per morta i va ordenar construir aquesta tomba en memòria seva. Però la va posar darrere del panteó, perquè tothom sabés que la família s'avergonyia d'ella.

Una ràfega de vent va remoure els seus cabells curts. La Violeta va restar en silenci i jo vaig mirar pels voltants. El cementiri era gairebé desert; tan sols hi vaig distingir, una mica més separada, una vella que pregava al davant d'una tomba, i un home amb granota que s'allunyava empenyent un carretó. Vaig girar la mirada cap al sepulcre de la Beatriz i el vaig contemplar durant uns segons; aleshores, per primera vegada, em vaig fixar en el ramet que descansava sobre la làpida. Les flors estaven marcides, però no devia fer més d'una o dues setmanes que hi eren.

—Qui ha posat aquestes flors? —vaig preguntar.

La Violeta va girar el cap i mirà el ramet de flors amb estranyesa, com si fins aquell moment no s'hagués adonat de la seva presència.

—No en tinc ni idea —va dir—; mai no ve ningú per aquí. Que estrany...

* * *

De retorn a Villa Candelaria, la Violeta i jo vam tornar un altre cop a la biblioteca i, durant uns minuts, vam contemplar en silenci la imatge a l'oli de la Beatriz. Ara que coneixia la seva història, aquella dona em semblava més pròxima, però també més enigmàtica, com si aquell quadre, en lloc d'un retrat, fos una endevinalla. Vaig examinar el collar, que el pintor havia reproduït amb la minuciositat de l'artesà: les Llàgrimes de Shiva semblaven lluir al voltant del coll de la Beatriz, encastades en or i rodejades de brillants.

—Creus que la Beatriz va robar el collar? —vaig preguntar.

La Violeta va deixar anar un sospir.

—Suposo. És clar que va partir de Santander i va començar una nova vida en un altre indret. Per fer això necessitava molts diners, així que el més probable és que s'emportés el collar i el vengués.

Vaig contemplar un altre cop la imatge de Beatriz Obregón.

—Sembla trista —vaig comentar—. Què li devia passar...?

La Violeta va assenyalar amb un dit l'angle inferior dret del quadre.

—Fixa't allí —va dir.

Al peu de la firma del pintor, gairebé imperceptible, hi havia una data: maig de 1901.

—La Beatriz —va afegir la meva cosina— estava a punt de casar-se quan li van fer aquest retrat.

—I no estimava el seu nòvio —vaig completar jo el raonament—. Per això estava tan trista —vaig somriure—. De totes maneres, es podia haver consolat pensant que portava al coll una milionada.

La Violeta em mirà amb menyspreu.

—T'agradaria que et compressin com una vaca?

—Home, si m'haguessin de donar un collar com aquest, m'ho pensaria.

La Violeta va tornar a sospirar, aquesta vegada amb resignació, com si jo fos un cas perdut.

—No cal dir, cosinet —va dir—, que tens la sensibilitat als peus —va moure el cap—. Ella no estava enamorada de Sebastián Mendoza; va fer bé d'anar-se'n. Va ser la més valenta de tots els meus avantpassats. Des de fa segles, els Obregón s'han quedat aquí, sense moure's, fent el mateix que feien els seus pares i els seus avis, i convençuts que els seus descendents farien el mateix. Més que una família, semblem un arbre vell ple de floridura. La Beatriz va ser l'única que es va atrevir a fer el que li va donar la gana.

—I, segons tu, el seu esperit vagareja per Villa Candelaria. Per què et penses que és ella?

—Bé, aquesta aparició..., o el que sigui, sembla una dona, oi? El perfum dels nards, els passos lleugers, la faldilla que vas veure a l'escala... Tot això són coses de dones. A més... —la Violeta va titubejar, insegura—. Diuen que els fantasmes són els esperits de les persones que encara tenen un deute per pagar en aquest món, i la Beatriz el té.

Em semblava ridícul estar parlant seriosament d'aquest tipus de coses, però vaig fer esforços per adoptar una actitud circumspecta.

—De debò creus en els fantasmes? —vaig preguntar.

—No, no crec en els fantasmes. El que penso és que hi ha un fantasma a Villa Candelaria —va arrufar el nas en adonar-se de la incongruència que acabava de dir—. En fi, no ho sé; durant molt de temps pensava que solament jo la veia, però ara... —va alçar la mirada i em contemplà fixament—. Ara tu també l'has vista, Javier, i això ha de significar alguna cosa.

* * *

No va passar res d'estrany els dies següents, així que no em va costar gaire oblidar-me del fantasma que, suposadament, vagava per Villa Candelaria. Tanmateix, des que vam anar al cementiri i m'explicà la història de Beatriz Obregón, l'actitud de la Violeta cap a mi va canviar molt, i per a bé. De mica en mica, es va començar a reunir amb mi per parlar, o fer una passejada, o simplement escoltar música junts al tocadiscos de la sala. Al començament, els nostres temes de conversa giraven a l'entorn de la literatura; vam intercanviar amb entusiasme opinions sobre *El vigilant en el camp de sègol,* i també vam comentar *Un món feliç* i *1984,* però exhaurides aquestes tres novel·les (les úniques que compartíem), ella va iniciar una particular campanya contra la meva afició a la fantasia científica.

Ho vaig suportar amb estoïcisme, però al tercer dia, cansat d'escoltar diatribes contra un gènere que, en realitat, ella no coneixia, em vaig decidir a contraatacar. Un matí, vaig sortir d'hora de casa, em vaig dirigir a una llibreria del centre de la ciutat i vaig comprar un exemplar de *Cròniques marcianes*, de Ray Bradbury. Ja havia llegit aquest llibre, però no el vaig comprar per a mi, sinó per regalar-lo a la Violeta. Encara recordo la cara que va posar quan l'hi vaig donar. En va llegir el títol amb suspicàcia, va aixecar la cella i va preguntar:

—De què va? De marcians?

—Sí —vaig assentir amb un somriure beatífic—, més o menys.

—Gràcies, però... a mi aquestes coses no m'agraden, ja ho saps.

—Sí, però aquest llibre és diferent.

—És que...

—Llegeix-lo, si us plau, i així després el podràs criticar amb coneixement de causa.

Al final, tot i que de mal grat, la Violeta va acceptar de llegir-lo. *Cròniques marcianes* era la meva arma secreta contra els qui criticaven la ciència-ficció sense conèixer-la. No es tracta d'una novel·la, sinó d'una antologia de contes centrats en la colonització de Mart per la humanitat, però un dels seus trets d'originalitat rau en el fet que el punt de vista dels relats no correspon als terrestres, sinó als marcians. Tampoc no pretén ser una obra realista (el Mart que descriu Bradbury és per complet imaginari), sinó poètica, i malenconiosa, i terriblement pessimista. Un dels paràgrafs del llibre diu, referint-se a Mart i a la trobada d'una vella civilització marciana ja desapareguda:

«—No arruïnarem aquest planeta —va dir el capità—. És massa gran i massa interessant.

—Vostè es pensa que no? Nosaltres, els habitants de la Terra, tenim un talent especial per arruïnar tot el que sigui noble, tot el que sigui bonic. No vam posar paradetes de salsitxes en el temple egipci de Karnak, només perquè queda fora de camí i el negoci no podia donar gaires beneficis. I Egipte és una petita part de la Terra. Però aquí tot és antic i diferent. Ens instal·larem en algun indret i ho farem malbé tot. Anomenarem el canal, canal Rockfeller; la muntanya, mont del rei Jordi, i el mar, mar de Dupont; i hi haurà ciutats amb noms com ara Roosevelt, Lincoln i Coolidge, i aquests noms mai no tindran sentit, ja que hi ha els noms adequats per a aquests llocs.»

Cròniques marcianes és un gran llibre, la demostració perfecta que hi ha molt més en la ciència-ficció que naus espacials, monstres amb ulls d'insecte i pistoles de raigs. Per això el deixava sempre a la gent que em criticava per llegir «marcianades», i per això, l'endemà després d'esmorzar, la Violeta em va apartar a un costat i em va dir:

—Aquest llibre, *Cròniques marcianes,* és... En fi, no em podia imaginar que la ciència-ficció pogués ser tan... no sé, tan poètica. M'ha agradat molt, Javier; gràcies per regalar-me'l. Però, en realitat, el llibre no va de Mart, ni de marcians, sinó de gent normal i corrent.

—És clar —vaig assentir, potser amb una mica de suficiència—, la bona ciència-ficció sempre és així.

La Violeta va fer una pausa llarga, com si li costés traduir en paraules el que pensava.

—Són uns contes tan tristos —va dir finalment—, amb uns personatges tan reals, i aquests marcians que semblen fantasmes... Saps?, em sembla que aquesta casa, Villa Candelaria, s'assembla una mica al Mart del llibre: un lloc decadent poblat de fantasmes.

«Una altra vegada amb els fantasmes», vaig pensar; però no vaig tenir temps de dir res més, perquè ella recuperà a l'instant la seva millor expressió de «noia-jove-però-madura-i-culta» i em va engegar:

—D'acord,*Cròniques marcianes* és un llibre molt bo, ho reconec, però la major part de la ciència-ficció és una merda.

—Per descomptat —vaig acceptar—, però la gran major part de tot és una merda.

La Violeta es va treure aleshores de la butxaca del darrere dels texans un llibre i me'l va entregar. Era *El vell i la mar,* de Hemingway.

—Llegeix-lo —em va dir—. T'agradarà.

* * *

Em va agradar *El vell i la mar;* és un relat bonic, tan trist i poètic com *Cròniques marcianes.* En certa manera, totes dues obres parlen del mateix: de les coses que desapareixen amb el temps, com els pètals de la rosa d'ahir.

A partir de llavors, la Violeta i jo ens vam embarcar en una mena de croada literària: li deixava un llibre i ella me'n donava un altre, al qual jo contestava amb un nou títol que, al seu torn, ella corresponia amb una altra novel·la. Més que un intercanvi de lectures, semblava un combat, com si cadascun de nosaltres vol-

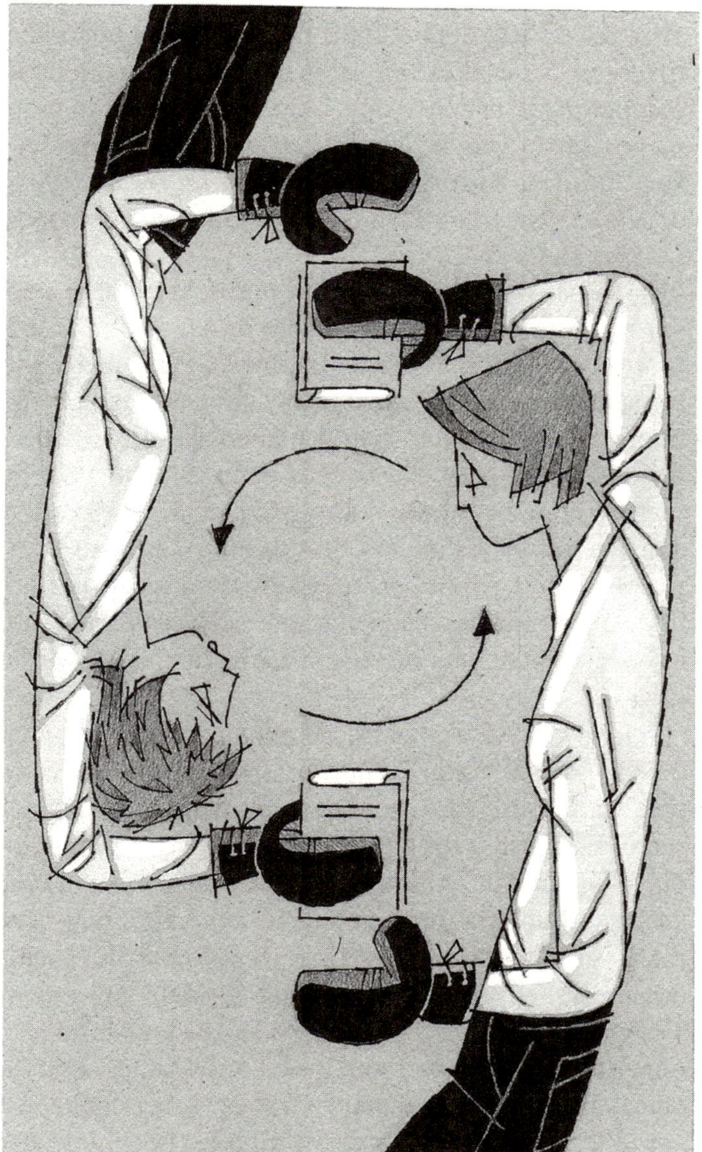

gués deixar KO el contrari a base de bones històries. En el fons no és d'estranyar, ja que la Violeta era molt competitiva... I suposo que jo també, tot i que en grau menor. Quan vaig acabar *El vell i la mar,* li vaig deixar *Ciutat de Simak,* i ella em donà *La metamorfosi* de Kafka. Aquell estiu va ser, també, un estiu de bones i sàvies lectures.

I precisament un llibre em va portar la primera clau per resoldre una endevinalla que ni tan sols m'havia proposat desxifrar. Entre les pàgines, hi vaig trobar un missatge antic, un breu text manuscrit tan escassament important que, si no fos per la manera com el vaig trobar, amb prou feines hi hagués parat esment. Però la manera com el vaig descobrir va resultar força estranya, tan misteriosa que no tan sols em vaig trobar atrapat per aquelles línies escrites amb tinta verdosa, sinó que vaig començar a sospitar que la Violeta tenia raó i que, en efecte, una presència estranya voltava per la casa.

La metamorfosi, de Franz Kafka, narra una espècie de malson en el qual un home, Gregori Samsa, assisteix amb indiferència a la seva transformació en insecte. Es tracta d'un relat no gaire extens, de manera que el vaig llegir amb rapidesa. En acabar-lo, una tarda de solitud a la meva habitació, em vaig notar una mica estrany, com si el text de Kafka es resistís a abandonar els meus pensaments. La tieta Adela havia anat a comprar amb les seves filles i a Villa Candelaria només hi havia l'oncle Luis, que, com sempre, estava tancat al seu taller, i jo, avorrit, i sense saber com ocupar el temps, vaig fer un cop d'ull a les novel·les que havia portat de Madrid, però cap no em va semblar prou atractiva.

Aleshores, vaig recordar l'exemplar de *Frankenstein* que havia trobat a la biblioteca. Feia temps que volia llegir aquest llibre, però mai no m'havia decidit a ferho, potser perquè era una novel·la molt antiga. Però aquella tarda em vaig proposar de posar-me a la feina i vaig baixar a la biblioteca, vaig agafar el llibre, vaig tornar a la meva habitació i em vaig ajeure al llit. Vaig obrir la novel·la per la primera pàgina i vaig fer un cop d'ull a la signatura que Beatriz Obregón havia estampat just sota el títol. La cal·ligrafia era aprimorada de tan antiga, amb els traços més dibuixats que no pas escrits i la lletra curvilínia i estilitzada. Vaig pensar que ja ningú no escrivia així; després, vaig girar el full i en vaig començar la lectura.

Vaig aguantar una mica més d'hora i mitja. El *Frankenstein* de Mary Shelley em semblà una novel·la pesadíssima, un totxo autèntic. Estava escrita, a més, amb un estil ampul·lós i cursi, tot i que això potser era per la traducció antiquada. Fos com fos, vaig arribar a la pàgina seixanta i ja no vaig poder continuar; així que vaig tancar el llibre, el vaig deixar damunt la tauleta de nit, vaig saltar del llit i em vaig acostar a la finestra.

S'estava fent fosc. El sol, en caure en el cel, prolongava les ombres i tenyia d'or l'atmosfera del jardí, mentre una brisa suau jugava amb les fulles dels arbres. El conjunt de xalets i casalots que formaven el barri d'El Sardinero estava silenciós i tranquil. Vaig tancar els ulls, vaig alçar els braços i em vaig estirar.

Aleshores, de sobte, vaig percebre una cosa que em va erissar el borrissol del clatell.

Feia olor de nards.

Em vaig girar bruscament, esperant i alhora tement trobar-me amb una aparició, un fantasma, què sé jo, alguna cosa sobrenatural, però no vaig veure res d'estrany; l'habitació estava igual que abans. Tanmateix, feia olor de nards. Vaig contenir la respiració i vaig passejar la mirada lentament, amb deteniment, per les parets, el terra, els mobles, el llit... Aleshores el vaig veure, al damunt de la vànova, l'exemplar de *Frankenstein* obert per la meitat. Estava segur d'haver-lo deixat a la tauleta de nit, però ara era allí, damunt del llit.

Amb el pols accelerat, vaig avançar uns passos i vaig examinar la pàgina per on estava oberta la novel·la. Era el començament del capítol vint i en els marges hi havia unes línies escrites amb tinta verda i la cal·ligrafia elegant de Beatriz Obregón. Les mans em tremolaven quan vaig agafar el llibre i vaig començar a llegir el text manuscrit.

«En certa manera, sóc semblant al patètic monstre creat pel doctor Frankenstein. No em sento partícip d'aquest món petit i mesquí on he nascut, no pertanyo enlloc i no tinc res en comú amb aquells a qui, per classe i condició, hauria de considerar els meus iguals. Malauradament, tal com li passa a la

criatura del relat, el preu que he de pagar per ser diferent de la resta és la solitud. Des del mirador on sóc albiro l'horitzó blau-gris del mar, i em dic a mi mateixa que allí, a l'altra vora de l'oceà, s'hi troba el meu anhel secret, la meva llibertat. Aquest matí, en passar per davant de Las Herrerías, m'ha semblat veure el Savanna; però no ha estat així, els ulls m'han enganyat i m'he sentit molt trista.»

* * *

Quan, cap al vespre, la tieta Adela i les meves cosines van tornar a Villa Candelaria, vaig anar a buscar la Violeta, la vaig portar gairebé a rosegons a la meva cambra i li vaig explicar el que havia passat. La Violeta em va escoltar en silenci, molt seriosa; després, va llegir el text escrit en els marges de *Frankenstein* i, finalment, em va preguntar:

—Ja t'ho creus?

—El que, això del fantasma? És clar que m'ho crec! No t'he dit que vaig deixar el llibre damunt la tauleta de nit? Després, em vaig acostar a la finestra, vaig notar que feia olor de nards, em vaig girar i, xac!, el llibre ja no hi era, sinó que era al damunt del llit, obert just per on és escrit a mà. És la repera! —encara estava molt excitat i tenia problemes seriosos per deixar de parlar—. És el més increïble que m'ha passat mai, i el llibre va anar volant d'un lloc a l'altre.

Ha de ser per alguna cosa sobrenatural, tenies raó; mai no he vist...

—Hi ha res més escrit? —em va interrompre ella mentre fullejava el llibre.

Vaig moure el cap.

—No; ho he comprovat pàgina per pàgina i només hi he trobat aquest text. Escolta, no ho hauríem d'explicar als teus pares?

La Violeta em va dirigir una mirada sorneguera.

—Explicar-los què? Que hi ha un fantasma a casa? D'acord, digues-los-ho tu, que a mi m'agafa el riure —va arronsar les espatlles—. Ells no la veuen, Javier. Ni la noten, ni senten el seu perfum. Pensarien que els estem prenent el pèl, o que ens hem tornat bojos.

Sobrevingué un silenci. La meva cosina tenia raó: allò era massa increïble per anar esbombant-ho arreu.

—Bé —vaig dir al cap d'uns segons—, aleshores què fem? Perquè, saps que no tinc gaires ganes de viure en una casa encantanda?

La Violeta alçà la cella.

—Tens por? —preguntà.

—No; tinc por quan vaig al dentista. Ara estic acovardit, que és molt diferent. És que no has entès el que t'he dit? Hi ha un fantasma, dimonis, i mou les coses d'una banda a l'altra. Això no és normal, caram; per exemple, a casa meva a Madrid no hi ha fantasmes, ni a les cases dels meus amics. La gent normal no sol tenir esperits a l'habitació de convidats, ho sabies...?

—D'acord, d'acord, però tranquil·litza't. He viscut aquí sempre i mai no m'ha passat res; és un fantasma inofensiu —va mirar l'escrit de Beatriz Obregón i va afegir—: El que hauríem de preguntar-nos és per què vol que llegim això.

—Perquè ens caguem de por? —vaig suggerir.

—No diguis bajanades. La Beatriz tan sols vol dir-nos alguna cosa.

—Doncs podria enviar-nos un telegrama.

La Violeta va ignorar el meu comentari i va tornar a examinar l'exemplar de *Frankenstein.*

—Segons la data que hi ha al costat de la signatura —va comentar, pensarosa—, la Beatriz va llegir la novel·la el 1901, el mateix any que va desaparèixer...

Dit això, la meva cosina es va sumir en un mutisme reflexiu. Pel que sembla, vaig pensar al cap d'uns segons, jugaríem a Sherlock Holmes. «El cas de l'avantpassada desapareguda», així es podria titular la nostra peripècia. Em vaig asseure al llit, al costat de la Violeta, vaig agafar el llibre i vaig tornar a llegir el text escrit al marge.

—Doncs no sé què dimonis ens vol dir la teva tia-besàvia —vaig comentar—. D'acord, sí, que estava molta trista, que se sentia diferent de la resta del món i que es moria de ganes de tocar el dos. Però això ja ho sabíem, oi? Al cap i a la fi, aquell any se'n va anar de Santander.

La Violeta em contemplà llargament abans de contestar.

—L'única cosa que sabem és que va desaparèixer —va dir finalment—. Però això no significa que se n'anés de la ciutat —va fer una pausa llarga i va afegir—: Potser la van matar.

—Què...?

—La Beatriz va desaparèixer el dia abans del casament, la nit que va del nou al deu de juny. Bé, doncs pot ser que algú entrés a l'habitació aquella nit i, després d'assassinar-la, robés el collar. Després, l'assassí es va desfer del cadàver.

Vaig parpellejar amb desconcert, ja que en cap moment havia considerat la possibilitat d'un assassinat.

—I ara —vaig replicar—, setanta anys després, el fantasma de la Beatriz se'ns apareix perquè li resolguem el misteri de la seva mort. Massa de novel·la, no trobes?

—Per què? Hi havia un mòbil: les Llàgrimes de Shiva. El collar va estar exposat a l'ajuntament, així que tothom en coneixia l'existència. Qualsevol el va poder robar —la Violeta va fer un gest vague—. De tota manera, tan sols són suposicions. Va poder passar qualsevol cosa —va assenyalar el text manuscrit—. Però estic segura que la Beatriz pretén dir-nos alguna cosa, i crec que la clau és a l'últim paràgraf.

Vaig abaixar la mirada i vaig rellegir les darreres línies de l'escrit: «Aquest matí, en passar per davant de Las Herrerías, m'ha semblat veure el *Savanna;* però no ha estat així, els ulls m'han enganyat i m'he sentit molt trista.»

De sobte, ens vam quedar sense saber què dir.

—Bé —vaig comentar—, què farem?

La Violeta va arronsar les espatlles.

—No ho sé —va dir—. Provar d'esbrinar què és el *Savanna*, suposo.

* * *

Aquella nit vaig trigar molt a adormir-me i, quan ho vaig aconseguir, el meu son va ser inquiet. L'incident del llibre m'havia convençut que una força sobrenatural habitava a la casa, i allò em posava molt nerviós. Tot i que *nerviós* no és la paraula adequada; el que estava era espantat.

Per fortuna, la Beatriz no va fer acte de presència, ni aquella nit ni els dies successius. Tanmateix, el misteri de la seva desaparició m'havia atrapat. Vaig provar de tornar a comentar el tema amb la Violeta, però durant els dies següents la meva cosina es va mostrar reservada i distant, com si no volgués parlar amb mi. De fet, a penes parava per casa, ja que sortia al matí, tornava a l'hora de dinar i se n'anava un altre cop a primera hora de la tarda.

Així que em vaig quedar sol, amb el cap ple de preguntes, dubtes i pors. I, per matar el temps, vaig començar una petita investigació. Segons la Violeta, hi havia més llibres de la Beatriz a la biblioteca, de manera que em vaig posar a buscar-los. En vaig trobar vint-i-tres, tots signats i datats entre 1893 i 1901. La major part eren novel·les gòtiques (*Melmoth l'errabund, El castell d'Òtranto, El monjo* i coses així), però també hi havia relats d'aventures de Stevenson o Conrad, i algunes obres de les germanes Brontë, Jane Austen o Wilkie Collins.

Malauradament, i tot i que els vaig examinar amb cura, no hi vaig trobar cap altre text manuscrit. Tanmateix, em van servir per fer-me una idea de la personalitat de la dona que els havia comprat i llegit. La Beatriz va ser una romàntica, una somiadora que desitjava viatjar a països llunyans i viure aventures exòtiques. Aquesta imatge encaixava, a més, amb el que ella mateixa havia escrit als marges de *Frankenstein*, quan mirava el mar i confessava que a l'altra vora de l'oceà hi havia l'«anhel secret i la seva llibertat». Però res d'això tenia importància, així que no vaig trigar gaire a abandonar la meva recerca a la biblioteca.

Aquella setmana, vaig parlar per telèfon amb el pare un parell de vegades; em va dir que estava millor i que tenia moltíssimes ganes de veure'm. Jo també el trobava a faltar i parlar amb ell em va fer sentir nostàlgia. Érem a mitjan juliol; les pluges havien parat i l'estiu semblava haver-se instal·lat definitivament al Nord. Als matins me n'anava sol a la platja, i a les tardes feia llargues passejades al llarg d'El Sardinero, pels jardins de San Roque i de Piquío. M'intrigava l'actitud de la Violeta, de sobte tan reservada, i no deixava de donar-li voltes a l'assumpte del fantasma de la Beatriz, tot i que una nova preocupació començava a desplaçar la resta a mesura que anava creixent en la meva ment.

Faltava menys d'una setmana per a l'aterratge a la Lluna, i a Villa Candelaria no hi havia televisor. Com que no em volia perdre aquell esdeveniment per res del món, vaig treure el tema unes quantes vegades durant els àpats, però ningú no em va fer un cas excessiu, i l'única cosa que vaig obtenir va ser la vaga promesa, per part de l'oncle Luis, que ja trobaríem la manera de solucionar el problema.

Mentrestant, la vida prosseguia plàcida i monòtona a Villa Candelaria. Els dies passaven amb suavitat, sense ensurts, com un riu profund i estancat. I en aquelles aigües tranquil·les, els habitants de la casa ens dedicàvem amb calma als nostres rituals quotidians, dibuixant, escrivint, llegint, brodant, construint impossibles mòbils perpetus, o escoltant música al tocadiscos de la sala.

El tocadiscos, per cert, deia molt de la personalitat dels diferents membres de la família Obregón. La tieta Adela posava sempre música clàssica, sobretot Brahms i Txaikovski; l'oncle Luis era aficionat als tangos i als cantants nord-americans, el vell Elvis inclòs; a la Rosa li agradava el jazz, però també Leonard Cohen, Moustaki i Brassens; la Margarita es decantava pels Rolling Stones, mentre que la Violeta era una fanàtica dels Beatles. Pel que fa a l'Azucena, ho escoltava tot i continuava sense dir res.

No obstant això, de tant en tant, algun fet trencava l'harmonia de Villa Candelaria, i deixava entreveure que no tot era pau i calma en aquella família. Això va passar un dimarts a la nit. Era a la meva habitació, llegint al llit, encara vestit, quan una mica abans de les dotze vaig sentir una remor de murmuris que provenia de l'habitació de la Margarita. Al cap de poc, vaig sentir el grinyol d'una finestra en obrir-se i uns dèbils sorolls a l'exterior.

Intrigat, vaig saltar del llit, vaig mirar a través de la finestra i, igual que havia passat dies enrere, vaig veure com la Rosa lliscava per la canal, travessava silenciosament el pati i saltava la tanca del darrere. La repetició d'aquell estrany comportament m'atiava la curiositat, així que, oblidant la discreció que ha de presidir el procedir dels hostes, vaig sortir de la meva cambra i vaig trucar a la porta de la Margarita. Després d'uns segons d'espera, la porta es va obrir i la meva cosina va treure el cap pel llindar.

—Què vols? —va preguntar en veu baixa, mirantme amb recel.

—Que passa res? —vaig preguntar jo al meu torn.

—No, no passa res. Au, va, torna a la teva habitació.

—Doncs si no passa res —vaig xiuxiuxejar—, per què ha sortit la Rosa per la finestra?

La Margarita va arrugar la cella, va dubtar uns instants i, finalment, va obrir la porta de bat a bat.

—Va, entra —més que una invitació, va ser una ordre—. I no facis soroll.

A l'habitació, també hi era la Violeta. Totes dues se'm van quedar mirant en silenci, amb severitat, com si jo fos un espia al qual haguessin sorprès fotografiant documents secrets. Una mica intimidat per aquella freda rebuda, vaig mirar les meves cosines, després vaig contemplar la finestra per la qual havia sortit la Rosa, vaig arronsar les espatlles i vaig preguntar:

—Bé, què passa?

—Els nostres pares no han de saber que la Rosa se n'ha anat —em va advertir la Margarita.

—D'acord, no diré res. Però, per què?

—Perquè no ens deixen sortir de casa de nit —va tercerejar la Violeta—. I la Rosa havia quedat aquesta nit amb uns amics.

Em vaig gratar el cap, pensarós. Hi havia una cosa que no quadrava.

—La Rosa té divuit anys —vaig replicar, després em vaig girar cap a la Margarita i vaig afegir—: Tu has sortit moltes nits, i ets més petita que ella.

La Margarita va riure i es va asseure en una cadira.

—Si li ho has d'explicar, Violeta —li va dir la seva germana—, explica-li-ho bé —es va tombar cap a mi—. La Rosa no ha quedat amb uns amics. Ha quedat amb un amic.

La Violeta va adreçar una mirada de retret a la seva germana; després, va abaixar els ulls i va estar en silenci, com si estigués decidint què fer, moment que jo vaig aprofitar per fer un cop d'ull a l'habitació de la Margarita. Era plena de llibres, gairebé tots de política i molts de prohibits per la dictadura (hi vaig distingir uns quants títols de Ruedo Ibérico, una famosa editorial antifranquista que tenia la seu a París). A les parets hi havia unes reproduccions de quadres de Picasso, entre ells el *Guernica,* i un pòster en blanc i negre del Che Guevara.

—D'acord, t'ho explicaré —la Violeta es va asseure al llit, i jo, al seu costat—. Però, d'això, ni una paraula —m'advertí.

—Sóc una tomba.

—Més val així. La Rosa està sortint amb un noi i ha quedat amb ell aquesta nit. Aquest noi es diu Gabriel Mendoza.

La meva cosina em va mirar tota seriosa, com si m'acabés de revelar una cosa el significat de la qual fos evident. Però, almenys per a mi, no ho era.

—Bé, i què? —vaig preguntar.

—Gabriel Mendoza, que no ho entens? Però si

t'he parlat d'aquesta família. Beatriz Obregón s'anava a casar amb un d'ells quan va desaparèixer.

—Ja, però, què hi té a veure amb la Rosa?

—Des que va desaparèixer el collar, els Obregón i els Mendoza no ens podem veure —va intervernir la Margarita—. Així que la seva excel·lència Don Germán, el patriarca dels Mendoza i pare d'en Gabriel, ha prohibit terminantment al seu fill que torni a veure's amb una «gossa Obregón», i aquestes van ser les seves paraules textuals —sospirà amb fingida resignació i va afegir—: Quin fill de puta...

—I el pare també ha prohibit a la Rosa que surti amb en Gabriel —va concloure la Violeta.

Vaig mirar alternativament les meves cosines. No podia donar crèdit al que sentia.

—Voleu dir —vaig preguntar— que tot aquest enrenou s'ha muntat per una cosa que va passar fa setanta anys?

—La desaparició del collar va ser el que va calar la metxa —va dir la Violeta—, però després van passar moltes més coses.

—Per exemple —va assenyalar la Margarita—, durant la Guerra Civil els Mendoza es van fer molt amiguets dels feixistes i, gràcies a les influències, van aconseguir arruïnar la nostra família. Que simpàtics, oi? Hauries de veure Germán Mendoza, Javier, sembla que s'hagi empassat una escombra de tan estirat que és. Presumeix més que la reina d'Anglaterra, però, oi que no saps d'on ve la seva fortuna? Del tràfic d'esclaus. Els Mendoza es van fer rics en el segle XVII, capturant negres a l'Àfrica i emportant-se'ls encadenats a

Amèrica per vendre'ls com a esclaus —va somriure amb ironia—. És clar que, si som sincers, la nostra família es dedicava al mateix negoci. El vell Juan Nepomuceno Obregón també va ser un negrer... Sí, sí... Un negrer.

—Fa un mes —la va interrompre la Violeta—, el pare es va assabentar que la Rosa es continuava veient amb en Gabriel. Aleshores, es va posar fet una fúria i li va prohibir sortir a les nits.

—I per això la Rosa surt d'amagat de casa —vaig comentar—. Per trobar-se amb el seu nòvio.

—Nòvio! —la Margarita va proferir un riure sarcàstic—. Aquesta és una paraula antiquada, cosinet. Però sí, suposo que la Rosa i en Gabriel són nòvios. Encara que més aviat semblen els protagonistes d'un melodrama d'amors prohibits, com ara Romeu i Julieta —va tornar a riure—. Montescos i Capuletos, Mendozes i Obregons —va sacsejar el cap—. La nostra estimada germana gran és tan, tan romàntica, que s'ha anat a enamorar de qui més problemes li podia portar.

—No pots triar la persona de la qual t'enamores —va tercerejar la Violeta—. L'amor és una cosa que passa, no una cosa que es planeja.

La Margarita va posar els ulls en blanc i va unir les mans a l'alçada del cor.

—Oh, quines paraules més belles! —va dir burleta; després va contemplar amb sornegueria la seva germana i va afegir—: Però només són paraules. Les dones mai no hauríem de consentir que un home ens compliqués la vida. No val la pena, hi ha molts homes per triar.

La Violeta va fulminar la Margarita amb la mirada. Després d'un breu silenci es va tombar cap a mi i, encara que en realitat parlava a la seva germana, em va dir:

—La Marga no creu en aquestes bajanades de l'amor. Ella no té nòvios, sinó camarades, i el cor el reserva per a les masses oprimides, no per a les persones. Saps?, al nom de Marga li falta una *a*; s'hauria d'anomenar *Amarga*.

—I a tu et falta una ena, maca —replicà a l'instant la Margarita—. T'hauries de dir *Violenta*.

Es va produir un silenci tan tens que l'aire va semblar que petava d'electricitat. Totes dues germanes es van mirar durant uns segons amb acritud, com dos boxadors estudiant-se abans de començar les hostilitats, però jo no em vaig deixar enganyar per aquell conat de discussió. Encara que les meves cosines eren molt diferents entre elles, el cert és que estaven molt, però que molt unides.

Allò era nou per a mi. El meu germà Alberto i jo competíem a totes hores, suposo que ens estimàvem, però aquesta estimació es traduïa en una aferrissada rivalitat i una certa tendència a fer la punyeta al contrari a la primera de canvi. Tanmateix, les meves cosines s'ajudaven mútuament, es guardaven secrets i es protegien les unes a les altres. Fins i tot quan discutien acabava prevalent l'afecte sobre la rancúnia.

La Margarita va relaxar el rostre amb un somriure, es va incorporar, va estirar una mà, li va regirar els cabells a la Violeta i va dir:

—D'acord, perdona, sóc com una ortiga. Només tinc disset anys i ja he aconseguit convertir-me en una fadrina malhumorada —va arronsar les espatlles—. La Rosa està enamorada de Gabriel Mendoza i no s'hi ha de donar més voltes; deu tenir les seves raons. Personalment, en Gabriel em sembla una mica aturat, però no és cosa meva —es va girar cap a mi—. Ni tampoc teva, cosinet. Així que, si no vols patir les ires de les «gosses Obregón», val més que t'estiguis amb la boca tancada —va fer un badall—. I ara aneu-vos-en, que és molt tard i em moro de son.

La Violeta i jo vam abandonar l'habitació procurant no fer gaire soroll. Abans d'entrar a les nostres respectives cambres, la meva cosina em va subjectar el braç i em va dir en veu molt baixa:

—Vols que demà anem a la platja? He fet indagacions i he descobert un parell de coses molt interessants sobre Beatriz Obregón. Per exemple, ja sé què és el *Savanna.*

—I què és?

La Violeta va negar amb el cap i va començar a caminar cap a la seva habitació.

—No siguis impacient —va murmurar—. T'ho explicaré demà, a la platja.

5. Savanna

Al nord de Santander, a El Sardinero, hi ha dues grans platges que s'uneixen quan baixa la marea. La Violeta i jo ens vam instal·lar a la primera, la que està situada entre els jardins de Piquío i el Gran Casino. La platja era mig buida, ja que encara no havien arribat les hordes de turistes que més tard, a l'agost, atapeirien la ciutat, així que ens vam posar a prop de la vora, en una zona allunyada i tranquil·la al costat de les roques que ens separaven de la segona platja.

Vam arribar cap les onze del matí i, en estendre les tovalloles, vaig demanar a la Violeta que m'expliqués el que havia esbrinat, però ella em va dir que tingués paciència, que abans de parlar tenia ganes de prendre el bany i el sol. Jo sabia, sense cap dubte, que ho feia per picar-me la curiositat, però no vaig voler concedir-li el triomf de sentir-me suplicar, així que vaig callar i ens vam submergir plegats en les aigües gèlides del Cantàbric. Vam nedar durant molta estona, fins que els tous dels dits se'ns van arrugar com els cigrons;

aleshores, vam sortir de l'aigua i ens vam estirar a les tovalloles.

Mai no m'ha agradat gaire prendre el sol. Després de mitja hora torrant-me per ambdós costats, em vaig tombar cap a la Violeta i la vaig contemplar en silenci. Estava ajaguda cara cap amunt, amb els ulls tancats, com si dormís, tot i que jo sabia que estava desperta. Tenia els cabells humits i regirats, i el seu rostre, habitualment massa seriós, tenia en aquell moment una expressió relaxada i sensual, com si gaudís de cadascun dels raigs de sol que incidien sobre la seva pell. Em sembla que per primera vegada vaig apreciar com n'era, de bonica.

La Violeta vestia amb roba ampla, de noi, però el banyador cenyit que portava revelava ara les corbes incipients d'un cos a mig camí entre la nena que va ser i l'esplèndida dona que, en un futur no gaire llunyà, seria. Sense pretendre-ho, la meva mirada va lliscar per l'arc que formava la seva cintura i el seus malucs, i es va aturar uns instants en la pell de la cuixa, suau i tersa, coberta d'un borrissol molt fi i daurat, amb textura de préssec. Llavors, vaig comtemplar la doble corba dels seus pits que s'insinuaven sota el banyador, com dos pujolets bessons i... La Violeta va obrir els ulls.

—Què mires? —va preguntar.

Si hagués estat un estruç, hagués fet un forat a la sorra per posar-hi el cap a dintre. Però no ho era, així que em vaig limitar a enrogir i vaig apartar ràpidament la mirada, fingint estar absort en les ones que trencaven a la vora.

—Res —vaig contestar amb tota la indiferència possible—. Per cert, quan penses explicar-me això que has esbrinat?

La Violeta es va asseure a la tovallola. Va mirar el rellotge, es va espolsar la sorra que tenia enganxada a les cames i, després d'una llarga pausa, va dir:

—Recordes les flors marcides que vam veure a la tomba de la Beatriz? He parlat amb la meva família i cap d'ells les hi ha posades. Però això no és tot: ahir vaig tornar al cementiri i vaig descobrir que hi havia més flors a la làpida. Flors fresques; algú continua portant flors a la Beatriz.

—I qui pot ser?

—No en tinc ni idea.

Aquell assumpte era cada vegada més estrany.

—Bé, i què passa amb això del *Savanna*? Vas dir que ja sabies el que era...

—I ho sé —la Violeta va somriure amb no poca suficiència—. Si *Savanna* tingués una hac al final, seria una ciutat o un riu dels Estats Units. Com que no la té, és una ciutat de Jamaica: Savanna-la-Mar.

—Ah, és clar; aleshores, segons el que va escriure la Beatriz, anava passejant per Santander i, de sobte, va creure veure un indret del Carib... Això és una bajanada, Violeta.

—És clar. Perquè *Savanna* també és una altra cosa.

Es va fer un silenci.

—Escolta —vaig dir de mal humor—; m'ho explicaràs d'una punyetera vegada?

La Violeta va somriure d'orella a orella, es va posar dreta i es va espolsar la sorra de la tovallola.

—És millor que ho vegis, Javier —va dir mentre recollia les seves coses—. Vinga, som-hi, que et vull ensenyar una cosa.

Ens vam vestir, vam deixar la platja enrere i vam agafar un autobús que conduïa cap al centre, però vam baixar a mig trajecte, quan vam arribar a Puerto Chico. En altres temps, Puerto Chico havia estat el moll pesquer de la ciutat, però ara estava gairebé ocupat per petites embarcacions de passeig. Davant la dàrsena, en una vella casa amb la façana esquitxada de verdet, hi havia una botiga d'efectes mariners anomenada El Cormorán.

Una campaneta va dringar quan la Violeta i jo vam traspassar l'entrada. L'interior de la botiga semblava un museu marítim; hi havia un vell vestit de bus, escafandres, sextants, llanternes velles de llautó, peixos dissecats a les parets, cronògrafs, compassos, cartes de navegació antigues, ulleres de llarga vista i tota classe d'objectes relacionats amb el mar. El local feia olor de salnitre, brea i de tabac de pipa.

Un home va sorgir de la rebotiga. Devia tenir uns cinquanta anys d'edat, era de complexió ferma i portava una jaqueta creuada blau marí, samarreta ratllada i una gorra de capità. Tenia la cara morena, solcada per unes prematures arrugues i emmarcada per una càlida barba gairebé blanca; sostenia entre les dents una pipa. En conjunt, semblava un mariner de pel·lícula.

—Però si és la capitana Obregón! —va exclamar l'home, sortejant el taulell i acostant-se a nosaltres amb un somriure—. Benvinguts a bord, capitana i companyia!

—Javier —digué la Violeta—, et presento Abraham Bárcena, capità de la marina mercant i l'amo d'aquesta botiga.

L'home em va estrènyer la mà, amb tanta força que em va semblar sentir que cruixien els ossos dels dits.

—Encantat de conèixer-te, grumet. Però la meva amiga Violeta exagera; no sóc capità, sinó pilot. Encara que això no m'ha impedit de navegar pels set mars, és clar. Per les meves venes la sang corre barrejada amb aigua salada i un dels meus avantpassats va ser un tritó. He travessat dues vegades el cap d'Hornos i tres el de Bona Esperança; he fet cinc cops la volta al món i he creuat l'Equador tantes vegades que ja no sé si és del dret o del revés. Els vents alisis em porten i l'estrella Polar em guia, la mà ferma al timó i la proa rumb a l'horitzó...

Aquell home parlava com el capità Haddock; es notava tant que interpretava un paper, i sobreactuava de tal manera que no em vaig poder estar de riure. En Bárcena va interrompre el seu discurs i em va mirar fixament com si fos la xemeneia d'un vapor. De sobte, va esclatar a riallades.

—D'acord, xaval, m'has enxampat! —exclamà—. Parlo així perquè els agrada als turistes; es pensen que són al tuguri de Long John Silver i compren més gènere. Però sóc un autèntic mariner, eh? Pot ser que dels set mars només hagi navegat per quatre, i potser mai no hagi travessat el cap d'Hornos, però em vaig embarcar per primera vegada als quinze anys i n'he passat més de vint al mar. Després, el meu pare va morir i vaig haver de fer-me càrrec de la botiga. I aquí sóc, com un vell buc en dic sec —va fer una pipada i va exhalar un núvol dens de fum—. Bé, mariners, què puc fer per vosaltres?

La Violeta es va girar cap a mi.

—L'Abraham —m'informà— és una de les persones que coneix millor els molls de Santander.

—Aquesta botiga, El Cormorán —va tercerejar en Bárcena—, té més de cents anys. La fundà el meu besavi; al començament era un magatzem d'articles de pesca, però jo la vaig convertir en un comerç de records i antiguitats marines. Què hi farem!, cada vegada hi ha menys pescadors i més turistes.

—Recordes el que va escriure la Beatriz? —em va preguntar la Violeta—. Deia que va passar per davant de Las Herrerías. Bé, doncs com que no sabia què era això, ho vaig preguntar a l'Abraham. I resulta que Las Herrerías van ser els terrenys on, a les darreries del segle XVIII, es va construir l'edifici de la duana, al barri del Moll.

—Durant molt temps —va dir en Bárcena—, la gent va continuar anomenant a aquesta zona Las Herrerías, ara ja gairebé ningú no ho fa.

—Així que la Beatriz passava pel moll quan es va pensar que veia el *Savanna* —la meva cosina es va girar cap a l'amo de la botiga—. Podries ensenyar la foto a en Javier, Abraham?

—A les seves ordres, capitana. Espereu un moment.

En Bárcena es va dirigir a la rebotiga i va tornar uns segons després amb un àlbum a les mans. El va obrir per la meitat i el va deixar damunt del taulell.

—Entre tots els maleïts trastos que atapeeixen la

botiga —va dir—, tinc una bona col·lecció de fotografies i postals antigues de Santander. Mira, grumet, aquesta es va fer a la darreria del segle passat.

Em vaig inclinar cap a l'àlbum i vaig contemplar la postal que assenyalava en Bárcena. Era una vista en blanc i negre de la dàrsena, amb quatre velers amarrats al moll. Vaig mirar la foto uns segons i després vaig arronsar les espatlles.

—Bé, i què? —vaig preguntar.

En Bàrcena va fer un parell de vigoroses pipades i em va allargar la lupa.

—Fixa-t'hi bé, mariner. Sobretot en la nau que hi ha en primer terme.

Amb l'ajuda de la lupa, vaig examinar atentament la no gaire nítida fotografia. El vaixell que m'havia indicat en Bárcena era un veler de tres pals; al començament, no hi vaig veure res d'estrany... Fins que em vaig adonar del rètol que penjava a popa: *SAVANNA*.

—El *Savanna* era un vaixell... —vaig mussitar.

—Una goleta, per ser més exactes —va precisar en Bárcena.

* * *

El propietari d'El Cormorán va penjar el rètol de *Tancat* a la porta i ens va convidar a entrar a la rebotiga, una sala petita plena de gom a gom d'objectes mariners més semblant a un magatzem que a un despatx; després, va preparar cafè en un fogonet, el va servir en tres tasses i es va asseure amb nosaltres al voltant d'un escriptori desmanegat.

—Anit em vaig reunir amb els meus amics —va dir havent fet un glop llarg de cafè—, vells llops de mar amb molts anys de singladures al seu càrrec. Érem en una taverna propera al port, bevent vi i parlant dels vells temps. El cas és que, enmig de la conversa, els vaig preguntar pel *Savanna,* i va resultar que un d'ells, un mariner jubilat anomenat Braulio Correa, n'havia sentit a parlar —en Bárcena va fer una pausa per buidar la cendra de la pipa; quan la va haver encès una altra vegada amb un llumí, va continuar—: Pel que em va explicar, el *Savanna* feia la ruta d'Amèrica i es dedicava al comerç d'espècies. Pel que es veu, va ser una goleta molt marinera, ràpida com una gavina, però... Bé, en aquell temps ja era un vestigi del passat, com les antiguitats de la meva botiga. A començament d'aquest segle, cada cop hi havia més vapors mercants i menys velers. Tanmateix, el *Savanna* podia treure, en el viatge a Amèrica, fins a dos dies d'avantatge al millor dels vapors. Almenys, això diu en Braulio, tot i que sovint exagera —la seva mirada es va tornar somiadora—. Aquests sí que eren veritables mariners, i no com ara, amb tant motor i tanta gaita. Des que li vam donar l'esquena al vent, ens hem convertit en una barreja de mecànics i conductors d'autobús.

En Bárcena va deixar la pipa, que se li havia tornat a apagar, damunt la taula i va escurar la tassa d'un trago. Vaig agafar la meva i vaig fer un xarrup. El cafè era tan amarg que em van xerriquejar les dents, però em vaig fixar que la Violeta se'l bevia com si tal cosa, així que vaig fer veure que assaboria amb delit aquell terrible beuratge.

—De qui era el *Savanna?* —va preguntar la Violeta.

—Del capità Simón Cienfuegos —va contestar en Bárcena—. Quin nom, oi? Els Cienfuegos eren uns marquesos criolls que vivien des dels temps de la Maria Castanya a Cuba, però en Simón no pertanyia a la branca de la família. Si hem de ser francs, ni tan sols tenia dret a emprar aquell cognom, perquè era un bastard i mai no va ser reconegut pel seu pare. El cas és que el capità Cienfuegos tenia un passat tèrbol: va néixer a Cuba, però es va establir a Jamaica, que per aquell temps era sota el domini dels anglesos. Va córrer el rumor que durant la seva joventut es va dedicar a la pirateria, però després va comprar el *Savanna* i es va fer comerciant, tot i que suposo que no faria escarafalls del contraban. *Simón el Negre,* l'anomenaven.

—Per què? —vaig preguntar.

—Doncs, per què ha de ser, mariner? Perquè era negre; o, més ben dit, mulat.

—El teu amic el va conèixer? —preguntà la Violeta.

En Bárcena va assentir. Després, va treure de la butxaca una navalla petita i va començar a netejar la cassoleta de la pipa.

—Quan en Braulio era un nen —va dir al cap d'una llarga pausa—, se'l va trobar aquí, a Puerto Chico. En Braulio diu que era un mulat grandíssim, molt fort i malcarat, i que feia por només de veure'l. Però aquest home exagera molt, ja us ho he dit.

—I què va ser del capità Cienfuegos? —vaig preguntar.

Sense deixar de netejar la cassoleta, en Bárcena va arronsar les espatlles.

—A començament d'aquest segle va deixar d'ancorar a Santander. Pot ser que es retirés, o pot ser que se l'empassés la mar. No en tinc ni idea.

La Violeta va mirar el rellotge i es va posar dreta.

—És tard —va dir—; hem de tornar a casa —va fer una pausa i va afegir—: Una pregunta més, a més de càrrega, el *Savanna* també transportava passatgers?

En Bárcena va fer un gest vague.

—Suposo que sí; en aquella època, gairebé tots els mercants solien portar passatge.

Ens vam acomiadar d'Abraham Bárcena i, en abandonar El Cormorán, ens vam adreçar caminant cap a El Sardinero. La Violeta semblava abstreta en els seus pensaments, de manera que vam caminar en silenci durant una bona estona, fins que, en arribar a l'altura del palau de la Magdalena, em va dir:

—Bé, què t'ha semblat?

—La història del teu amic? No ho sé...

—Doncs jo crec que és molt clar. La Beatriz se'n volia anar de Santander, així que va comprar un passatge per al *Savanna* amb destinació a Amèrica. Suposo que la partida estava prevista per a una certa data, però el vaixell es va endarrerir; per això ella passejava pel moll, i per això estava tan trista quan es va equivocar en creure que havia vist el *Savanna*.

—Però la Beatriz era rica i de bona família —vaig objectar—. Aleshores, per què es va embarcar en un mercant petit i, a més, de vela? El més lògic era que hagués anat en un vapor de passatgers, no trobes?

—Santander és una ciutat petita, i més que ho era en aquella època. Si hagués provat d'anar-se'n en un vapor, el més probable és que la seva família, o els Mendoza, se n'haguessin assabentat. No, ella se'n volia anar d'amagat —la Violeta es va aturar i em va mirar fixament—. I saps el que em sembla que passà? Que la Beatriz es va embarcar al *Savanna* i es va endur les Llàgrimes de Shiva, i després, quan eren a alta mar, la tripulació la va assassinar per quedar-se amb el collar.

Em vaig gratar el cap.

—I això, d'on ho has tret? —vaig preguntar.

—És clar; la Beatriz va desaparèixer i mai no se'n va tornar a saber res. D'altra banda, aquell tal Simón Cienfuegos era un pirata, no? De segur que la va matar i va llençar el cadàver per la borda. Per això el fantasma de la Beatriz ens va mostrar el text escrit en l'exemplar de *Frankenstein*: per dir-nos qui l'havia mort.

Vaig estrényer els llavis per contenir el riure. Després, vaig alçar la mirada i vaig contemplar durant uns segons les gavines que volaven sobre els nostres caps.

—Noia —vaig dir finalment—, et muntes unes pel·lícules...

La meva cosina em va fulminar amb la mirada.

—Però quina poca imaginació que tens, Javier —va dir amb insufrible indiferència; aleshores es va girar i, sense esperar-me, va començar a caminar cap a casa.

De tant en tant, com aquella vegada, a la Violeta li passava que em tractava com si fos curt de gambals. He de reconèixer que, durant un instant, vaig considerar la idea d'escanyar-la amb les meves mans i, igual que suposadament havia fet Simón Cienfuegos amb la Beatriz, abocar el seu cos a l'oceà.

Aquell mateix dia, el setze de juliol de 1969, la nau espacial *Apol·lo 11* va ser llançada des de Cap Canaveral amb destinació a la Lluna. El llançament es va retransmetre per televisió i jo el vaig presenciar en un bar proper a Villa Candelaria. Faltaven quatre dies per a l'allunatge, però aquest es faria de matinada, a unes hores en les quals no hi hauria cap bar obert on poder-lo veure. I a casa no hi havia televisió.

Amb prou feines vaig poder parlar amb la Violeta durant els dies següents. Crec que no li havia agradat la meva reacció en conèixer la història del *Savanna*; suposo que estava molt satisfeta de les seves indagacions i la va decebre no trobar en mi la resposta entusiasta que esperava. El cert és que m'importava molt poc si Beatriz Obregón se n'havia anat de Santander amb una goleta o nedant, i que no em podia prendre seriosament les truculentes històries que s'havia imaginat la meva cosina sobre assassinats a alta mar i robatoris de joies. L'única cosa que em neguitejava era la presència d'un fantasma a casa, això no tenia res a veure amb el vaixell del capità Cienfuegos.

Fos com fos, la Violeta només es deixava veure durant els dinars i els sopars. Encara que no abandonava la casa, tampoc no era a les zones comunes ni a la seva habitació; aleshores, on es posava? Això ho vaig descobrir divendres a la tarda, quan, sense que ella s'adonés de la meva presència, la vaig veure que pujava les escales que portaven a la planta alta. Allò m'estranyà, perquè pensava que al tercer pis només hi havia les golfes, així que l'endemà, en assegurar-me que la Violeta havia sortit, vaig decidir fer un tomb per allí.

Va ser a mig matí. Vaig abandonar la meva habitació amb una llanterna i, en silenci, vaig començar a pujar els esglaons que conduïen a la planta superior. Mentre ho feia, vaig recordar que va ser en aquell tram d'escales on vaig veure el volteig d'un vestit fantasmal, i això m'inquietà una estona, ho reconec. L'escala acabava desembocant en un petit replà flanquejat per dues portes encarades.

La porta de l'esquerra conduïa a les golfes. Era una cambra immensa, totalment a les fosques; vaig encendre la llanterna i vaig comprovar que estava atapeïda de trastos: mobles vells, capses, paquets, piles de revistes, fardells de roba vella, tot tipus d'objectes, en resum, que s'amuntegaven els uns al damunt dels altres fins a arribar al sostre i tapar tota la superfície de l'estança.

Després de fer un ràpid cop d'ull a les golfes, vaig obrir la porta de la dreta. Donava a la torrassa que presidia la casa; en realitat, era un mirador de vidre de planta circular, des d'on s'albirava un ampli panorama d'El Sardinero amb el mar al fons. Però no va ser la bella vista el que va cridar la meva atenció, sinó el fet que l'interior de la torrassa estigués net i perfectament endreçat, així com la circumstància, encara més estranya, que allí hi hagués un petit escriptori amb una màquina d'escriure, un munt de carpetes, quaderns i fulls, i una cadira de fusta.

Allò era una mena de despatx, no hi havia cap dubte. Em vaig acostar a la taula: la màquina d'escriure era una vella Underwood; davant seu hi havia un pot ple de llapis i bolígrafs, i al costat una carpeta amb una desena de folis mecanografiats. En fullejar-los, vaig descobrir que eren notes i apunts sobre la vida de Beatriz Obregón, com si algú es proposés d'escriure la seva biografia.

Cada cop més estranyat, vaig tancar la carpeta i vaig agafar una de les llibretes que s'amuntegaven en un extrem de l'escriptori. Contenia un text escrit amb cal·ligrafia petita i estreta; era un relat de ficció, un conte, o potser una novel·la, no n'estava segur...

—Què dimonis hi fas, aquí?

Vaig fer un bot en sentir aquella inesperada veu i em vaig girar en rodó. La Violeta era a la porta, amb els braços fent nanses i una expressió severa de retret li lluïa en la mirada.

—Ah, ets tu... —vaig mussitar, sentint-me alleujat i, alhora, enxampat en falta—. Quin ensurt que m'has donat.

—Què hi fas, xafardejant les meves coses? —va insistir ella; no calia ser cap fura per adonar-se que estava enfadada.

—No sabia que fossin teves —em vaig disculpar—. He pujat a fer un cop d'ull i...

La Violeta em va arrabassar la llibreta d'un cop de mà.

—Doncs sí, són les meves coses —va dir—. I no m'agrada que ningú hi posi el nas. Així que ja pots tocar el dos.

Vaig estar a punt d'obeir sense dir ni piu, però ja estava fart que la meva cosina em tractés com a un gos.

—Escolta, a tu et passa res amb mi? —vaig preguntar, mirant-la fixament als ulls—. Ja sé que estic de més en aquesta casa, i potser la meva presència et molesti moltíssim, però si fos per mi no hi seria, t'ho ben asseguro. El pare es va posar malalt i la mare em va obligar a venir. I ara, t'importaria dir-me què nassos t'he fet?

—Res...

—Llavors, què passa? Cada vegada que no estic d'acord amb tu en alguna cosa, et poses digna i et dediques a ignorar-me. Tan malament et caic?

—No, no em caus malament. És que...

La Violeta va desviar la mirada. Semblava com si en el seu interior hi hagués un turmentós debat entre l'orgull i la raó.

—Les meves germanes diuen que tinc mal caràcter —va contestar finalment—, i deu ser veritat. Però és que aquest lloc és molt especial, saps?, i no m'agrada que hi entri ningú —va dibuixar un somriure tímid i va preguntar—: Tan antipàtica he estat amb tu?

Vaig arronsar les espatlles.

—Home, no has estat la simpatia personalitzada, precisament. Però tant és, em sembla que et podré perdonar.

—No t'he demanat perdó.

—Ja; això seria esperar molt... —vaig assenyalar amb un gest la màquina d'escriure—. És teva?

—Sí.

—T'agrada escriure?

Va assentir amb un moviment de cap.

—I què hi ha en aquestes llibretes? Contes?

—Relats curts —puntualitzà—; apunts, esborranys i coses semblants.

—Has escrit alguna novel·la?

—N'he començat moltes, però no n'he acabada cap.

—Però contes sí. Per què no me'n deixes llegir un?

—Ni parlar-ne —va dir, mirant-me com si li hagués demanat una cosa ofensiva.

—Per què? M'encantaria llegir alguna creació teva.

—Ningú no llegeix les coses que escric. Estic començant, així que només són exercicis de pràctica. D'acord?

—D'acord, d'acord... —vaig observar de reüll la carpeta que hi havia al costat de la Underwood—. Per cert, he vist que tens uns apunts sobre Beatriz Obregón. Escriuràs sobre ella?

Em va dirigir una mirada adusta, com si encara estigués molesta perquè jo hagués gosat furgar en els seus preuats escrits.

—Ho estic pensant —va dir en veu baixa—. Ja ho veurem.

Es va fer un silenci. Vaig girar el cap i vaig mirar el panorama que s'albirava més enllà dels finestrals.

—La Beatriz va escriure que veia el mar des d'un mirador —vaig comentar—. Es devia referir a aquest lloc.

—Suposo que sí —la Violeta va recol·locar tot el que hi havia al damunt de l'escriptori, com si jo li ho hagués desendreçat, cosa que no era certa, i va afegir—: Vinga, som-hi, que aquí no hi fem res.

Vam sortir del mirador i vam anar cap a les escales. No recordo que en aquell moment pensés res en concret; potser estigués divagant sobre Beatriz Obregón, imaginant-me-la en aquella torrassa, amb la mirada perduda en el mar, no ho sé. El cas és que, en passar davant la porta del traster, se'm va ocórrer de sobte una idea i em vaig aturar en sec.

—Què fas? —preguntà la meva cosina.

En lloc de contestar, vaig obrir la porta de les golfes, vaig encendre la llanterna i en vaig il·luminar l'atapeït interior.

—Fixa-t'hi —vaig dir—: és ple de trastos.

—Per això s'anomena traster. I què?

Vaig trigar uns segons a respondre.

—On són les coses de la Beatriz? —vaig preguntar amb lentitud, com si reflexionés en veu alta.

—Quines coses?

—No ho sé... —vaig arronsar les espatlles—. La seva roba, els mobles de la seva habitació, aquest tipus de coses. On són?

La Violeta em mirà de fit a fit i després va desviar la mirada cap a l'interior de les golfes.

—Vols dir —mussità— que potser les de la Beatriz són aquí dintre?

—Si és que no les van llençar, és clar. Tot i que, amb la quantitat de fòtils que hi ha, jo diria que en aquesta casa mai no s'ha llençat res.

Ens vam mirar en silenci, com si cada un esperés que fos l'altre el primer a dir alguna cosa.

—Seria un enrenou començar a regirar aquí dins —vaig assenyalar jo finalment.

—I la mare s'enfilaria fins al capdamunt —va assentir la Violeta.

Així que ho vam deixar estar.

6. *La mà en el mirall*

De vegades, havent sopat, feia llargues passejades per la platja. El mar és de nit diferent, més misteriós que durant el dia; sota la llum de la Lluna sembla fosforejar, com si les negres aigües estiguessin esquitxades de focs follets.

A la nit, la platja era buida, tret de la presència ocasional d'algun pescador de marea baixa, però a mi m'agradava aquella solitud. En la llunyania es podia veure el feix intermitent d'un far, i de vegades s'albiraven en l'horitzó els llums d'algun vaixell; els estels eren un cobricel d'espelmes penjat sobre l'oceà.

Solia estirar-me a la sorra i mirar el firmament. Mentrestant, pensava en les meves cosines, per exemple, en com n'eren, de diferents i alhora semblants. La Rosa semblava la més madura de les quatre, la més sensata i serena; però devia de ser en el fons la més romàntica, tal com el seu amor impossible i les escapades nocturnes revelaven. La Margarita era foc pur, desinhibida i irreverent; tanmateix, li agradava brodar i això havia de significar alguna cosa, potser que era una mica més tradicional del que ella pensava. Pel que fa a la Violeta, a primera vista semblava massa seriosa i creguda, però la seva adusta manera de ser amagava en realitat un caràcter somiador que, a la meva manera de veure, quedava patent en l'ambició secreta de ser escriptora. I l'Azucena? Mai no parlava, només mirava; però en els seus ulls s'hi podia endevinar una comprensió i una intel·ligència del tot insospitades en una nena de tan sols dotze anys d'edat. Les quatre eren molt diferents, sí, però les seves personalitats semblaven complementàries, com si fossin diferents peces d'un trencaclosques.

Però no solament pensava en les meves cosines, és clar. Quan era allí, ajagut a la sorra, no podia evitar que els meus ulls acabessin recalant en la Lluna, i recordava que entre ella i la Terra, viatjant a quatre mil cinc-cents quilòmetres per hora, una petita nau espacial estava a punt de fer història. De vegades em semblava impossible que jo fos testimoni del primer desembarcament humà en un altre cos celest...

Però després recordava que, en realitat, no seria testimoni de res perquè a Villa Candelaria no hi havia televisió. La certesa que em perdria el succés més important del segle em sumia en un desànim que, amb el pas del temps, va acabar per transformar-se en una taciturna resignació. Finalment, vaig acabar acceptant que, dels vuit-cents milions de telespectadors previstos, només acabarien mirant l'allunatge set-cents noranta-nou milions nou-cents noranta-nou mil noranta-nou.

Fora d'això, els dies van transcórrer mandrosament, entre banys al mar, passeigs per la platja i llargues tardes de lectura a l'ombra dels tamarindes del jardí. I va arribar el cap de setmana, i passà dissabte, i finalment va sortir el sol el diumenge vint de juliol de 1969. Aquella nit es faria l'allunatge. I jo no el veuria.

Aleshores, aquell diumenge al matí, va passar una cosa totalment inesperada. Estava esmorzant a la cuina, encara una mica ensopit, quan l'oncle Luis em va venir a buscar per demanar-me que l'acompanyés a la sala.

—Et vull ensenyar una cosa, Javier.

L'oncle Luis tenia un aspecte horrible; feia unes ulleres violàcies i al mentó li blavejava una barba d'uns quants dies. Tanmateix, semblava feliç i orgullós de si mateix. Vaig acabar el meu cafè amb llet d'un glop i el vaig seguir. No hi vaig veure res d'anormal quan vam entrar a la sala, però al cap d'un segons vaig notar que al costat de la xemeneia hi havia... alguna cosa. Al primer cop d'ull no vaig poder endevinar què era; semblava un capsa de vi a la qual haguessin encastat uns quants interruptors (de fet, en un dels costats, s'hi podia veure el rètol Domecq). Però després em vaig adonar que aquella capsa de fusta basta tenia una pantalla. Una pantalla de televisió.

—És una tele! —vaig exclamar.

—L'he construït jo —va assentir l'oncle amb aire d'home satisfet—. Com que volies veure l'allunatge...

Així que era per això que l'oncle Luis s'havia estat tant temps tancat en el seu taller. Vaig sentir una onejada d'agraïment que, en fixar-me amb més detall en

la patent tosquedat d'aquell aparell, no va trigar a convertir-se en recel.

—Funciona? —vaig preguntar.

—És clar que sí —va respondre l'oncle Luis, una mica ofès—. Almenys, en teoria. S'engega i se sent, però com que encara no hi ha antena, només he captat l'estàtica. Ara bé: una estàtica excel·lent.

—I l'antena? —vaig mussitar, tot tement que l'oncle hagués oblidat aquell petit detall.

—Tranquil, n'he fet una.

No val la pena estendre's en el procés d'instal·lació de l'antena. L'oncle Luis va pujar a la teulada amb una estranya baluerna confeccionada amb varilles i filferros, va llançar uns cables cap al finestral de la sala i, després d'estar un parell de vegades a punt de caure, va fixar l'antena al sostre. Després, va arribar l'hora d'orientarla. Jo em vaig quedar a baix, mirant la pantalla quallada de neu electrònica i dient a crits al meu oncle, que era a la teulada, el que veia al televisor. I què hi veia? Doncs no hi veia res.

Després d'uns quants intents infructuosos, vaig sentir una punxada de pànic. I si aquell trasto fos incapaç de sintonitzar alguna cosa diferent d'una tempesta de neu? De sobte, després de nombrosos i improductius esforços, a la pantalla es va insinuar una imatge borrosa i una musiqueta va començar a sonar als altaveus. Al cap de poc, com per art de màgia, tot va adquirir una repentina nitidesa i vaig veure amb claredat un ninotet de dibuixos animats que deia: «A mi plin, jo dormo amb Pikolín». Era un anunci de matalassos.

L'oncle Luis, tan orgullós com Núñez de Balboa després de descobrir el Pacífic, va convocar la seva dona i les seves filles perquè contemplessin aquell portent que havia construït. La Rosa i la Violeta felicitaren efusivament el seu pare; la Margarita va dir fàstics de la televisió, i la va qualificar d'instrument de propaganda imperialista; l'Azucena va contemplar la pantalla amb desconcert, sense dir res, i la tieta Adela es limità a comentar que l'aparell aquell quedava molt lleig a la sala. Però, en general, cap d'elles no li va fer gaire cas, i no van trigar gaire a desentendre's de l'assumpte i tornar a les seves tasques.

En canvi, l'oncle Luis es va quedar tot el matí assegut davant el televisor, contemplant amb aire abstret (i més tard atònit) des de la carta d'ajust fins a les imatges en blanc i negre que dansaven en la pantalla, em sembla que més interessat en l'aparell en si, que en els programes que transmetia. Fos com fos, l'oncle es va passar unes quantes hores seguides mirant la televisió, fins que la tieta Adela ens va cridar. Aleshores, es va incorporar, es va fregar els ulls i em va dir:

—La televisió només diu bajanades, però és hipnòtica —va fer un darrer cop d'ull a l'aparell, es va gratar el cap i, abans d'apagar-lo, va afegir—: Saps?, penso que la tele és l'únic mòbil perpetu que hi ha. Sempre emetrà programes i sempre hi haurà gent mirant-los, per tota l'eternitat. Fa una mica de por, oi?

* * *

La nau espacial *Apol·lo XI* pesava quaranta-cinc tones i estava formada per tres elements essencials: la cabina de comandaments *Columbia,* en la qual viatjaven els astronautes; el mòdul de servei, on hi havia els motors que propulsarien la nau de tornada a la Terra, i el mòdul d'exploració lunar, anomenat *Eagle*, que era el vehicle de desembarcament.

Després de fer catorze voltes i mitja a la Lluna, l'*Eagle* es va separar de la nau i va començar el descens fins al satèl·lit. En el mòdul lunar, hi viatjaven Neil Armstrong i Edwin Aldrin. A bord del *Columbia* va quedar Michael Collins, que romania en òrbita a l'espera que els seus companys tornessin de la superfície lunar.

Sempre em va fer una mica de llàstima Collins. El pobre tipus va fer el viatge com els altres, va recórrer cada un dels tres-cents vuitanta mil quilòmetres que ens separen del nostre satèl·lit i, després, quan va tenir la Lluna a l'abast de la mà, a menys de dos-cents quilòmetres de distància, es va veure obligat a quedar-se al mòdul de comandament, fent voltes com un idiota mentre els seus companys de viatge baixaven al satèl·lit i pujaven a la glòria. De segur que es va sentir com Moisès, a un pas de les portes de la terra promesa.

L'allunatge en el mar de la Tranquil·litat va patir un contratemps inesperat. En el darrer moment, Armstrong es va adonar que el mòdul lunar anava a posar-se en un cràter ple de pedres, així que va haver de fer servir el control manual per desplaçar la nau cap a un indret segur. Un cop l'*Eagle* va estar aposentat en el polsós sòl de la Lluna, el comandant de la nau desconnectà els motors i col·locà els comandaments en posició d'enlairament ràpid, per si les mosques.

Després, els dos astronautes es van començar a preparar per al que hauria de ser el primer passeig lunar de la història.

Però això encara trigaria unes hores a esdevenir-se. Tots (els meus oncles, les meves cosines i jo) estàvem congregats davant el televisor que havia construït l'oncle Luis. Després de l'allunatge, la tieta Adela va servir un sopar fred a base de formatges i embotits. Mentre menjàvem, la Margarita no es va poder resistir a oferirnos la seva particular versió de l'esdeveniment:

—Això és una gegantina campanya política. Van començar els russos posant en òrbita l'*Sputnik*, i després els han seguit a cegues els ianquis quan Iuri Gagarin va fer el primer vol espacial tripulat. Aleshores, Kennedy es va enfadar com un mico i va decidir guanyar la cursa espacial als soviètics fent-ne una de grossa. I què és el més gros que podien fer? Posar l'home a la Lluna. Però no un home qualsevol, és clar; havia de ser un ianqui, ros i d'ulls blaus. Quants negres han anat a l'espai? Cap.

—Si gairebé no els deixen pujar als autobusos —va comentar l'oncle Luis, absort en els anuncis de la televisió—, que els permetin tripular un coet no cal ni parlar-ne...

—Sabeu quant ha costat arribar a la Lluna? —va continuar la Margarita, animada per la seva pròpia eloqüència—. Dos bilions de pessetes. Dos bilions! Us imagineu la quantitat de coses que es podrien fer amb aquests diners als països pobres?

—Però gràcies al programa espacial s'han produït molts avenços per a la humanitat —vaig protestar.

—Per a la humanitat no, cosinet; per als ianquis. No t'enganyis: el programa *Apol·lo* tan sols és una campanya de publicitat destinada a mostrar a tothom la supremacia del bloc capitalista sobre el comunista. I el més irònic de tot és que la idea va ser de Kennedy, però ha estat el fill de puta de Nixon...

—Nena...! —la va renyar la mare.

—Ha estat el porc de Nixon —va prosseguir la Margarita— qui s'ho ha posat a la butxaca. Aquest feixista! —va assenyalar la televisió amb un gest despectiu—. I nosaltres aquí, empassant-nos sense pestanyejar aquesta merda imperialista...

Suposo que tots estaven acostumats a l'ímpetu revolucionari que, de tant en tant, embargava la Margarita, i que aquesta experiència els aconsellava no ficar-se en discussions, perquè al virulent discurs de la meva cosina el va seguir un silenci profund. Jo estava totalment en desacord amb ella, ja que en aquella època creia (i encara ho penso) que l'espai exterior és una meta natural per a la humanitat. Tanmateix, en aquell moment no vaig trobar les paraules necessàries per rebatre els seus arguments, i va haver de ser una altra persona, la meva cosina Rosa, qui ho fes.

—Ara que ho dius, Marga —va dir amb veu pausada—, he recordat un discurs de Kennedy. Parlava dels motius per anar a la Lluna, i deia que l'única raó era la que li havia donat Mallory, l'alpinista, quan li van preguntar per què volia escalar l'Everest: «Perquè és allí». Doncs aquesta és la raó per anar a la Lluna, perquè és allí, i perquè els éssers humans som uns éssers curiosos que sempre volem arribar més enllà d'on som. Ara hi ha dos homes a la Lluna, i importa ben poc de quin país són, o de quina raça, o quina política defensen, perquè per damunt de tot representen l'espècie humana.

La Margarita va obrir la boca per rebatre la seva germana, però la va tornar a tancar a l'instant. Va arrugar la cella, es va escurar el coll i va optar per sortir per la tangent.

—Tu mateixa ho has dit —li va etzibar—: hi ha dos homes a la Lluna. I per què cap dona? Quantes dones han anat a l'espai?

—Valentina Tereixkova —vaig respondre a l'instant; jo en sabia molt, de l'espai, i vaig afegir—: Va tripular el *Vostok-6* el 1963.

La Margarita em mirà de reüll.

—Però no era ianqui —va replicar—, sinó russa socialista. Veus com tinc raó?

Així era la meva cosina: sempre havia de dir la darrera paraula.

Més tard, ja entrada la matinada, les imatges del televisor van ensenyar com el comandant Armstrong, embotit en el vestit espacial blanc, abandonava l'*Eagle*, baixava per una escaleta i trepitjava el sòl lunar. «És un petit pas per a un home, però un gran salt per a la humanitat», va dir. La frase sonava força rimbombant; però, atesa la magnitud del que estava passant, crec que qualsevol altre comentari hagués sonat igual de ximple. Uns minuts després, Aldrin va sortir del mòdul i es va unir a Armstrong en la tasca d'instal·lar uns instruments sobre la superfície lunar i agafar mostres de minerals.

Vaig estar dues hores i mitja contemplant les evolucions dels astronautes. M'admirava de veure aquell paisatge lunar, àrid i solitari. Em meravellava estar vivint, encara que tan sols fos per la tele, una experiència tan semblant a les novel·les de ciència-ficció que tant m'agradaven. Jo havia llegit *L'home que va vendre la Lluna,* de Heinlein, o *Els primers homes a la Lluna,* de Wells, o els dos àlbums en què Tintín i Haddock viatgen al nostre satèl·lit, i ara totes aquestes fantasies s'havien convertit en realitat davant dels meus ulls.

Però no tots compartien el meu entusiasme. Quan Armstrong va desplegar la bandera dels Estats Units, la Margarita, remugant alguna cosa entre dents, se'n va anar a l'habitació; la tieta Adela no va trigar gaire a quedar-se adormida a la butaca, i al cap de poc se'n van anar la Rosa i l'Azucena. Així que tan sols ens vam quedar davant del televisor l'oncle Luis, la Violeta i jo. I en algun moment, no recordo quan, vaig notar per la cua de l'ull que la Violeta no mirava la pantalla, sinó a mi, fixament, com si provés de desentranyar el que em passava pel cap. Devia pensar, suposo, que jo era una bestiola rara.

Finalment, Armstrong i Aldrin van tornar al mòdul lunar per descansar unes hores abans d'enlairar-se cap al *Columbia,* i la retransmissió va acabar. Mentre sonaven les notes de l'himne nacional damunt d'una fotografia de Franco, l'oncle Luis va apagar el televisor i va badallar sorollosament alhora que s'estirava. Una mica després, tots ens en vam anar a dormir.

Però jo vaig trigar molt a agafar el son; aquelles imatges en blanc i negre, tan poc definides, tan plenes de paràsits i estàtica, se m'havien quedat gravades a la memòria i no aconseguia apartar-les de la meva ment. Vaig fer moltes voltes al llit, em vaig aixecar, vaig obrir la finestra, vaig alçar la vista, vaig mirar el cel i vaig pensar que algun dia els meus fills, o els meus néts, o els néts dels meus néts, viatjarien als estels.

Senzillament perquè eren allí.

* * *

He parlat del ritme tranquil de Villa Candelaria, de la calma que s'hi respirava. Allí semblava que ningú no tenia pressa, ningú no alçava la veu ni provocava conflictes. Tanmateix, tot això havia de canviar radicalment durant els dies següents, quan la casa dels Obregón patís les sacsejades d'un sisme que havia començat seixanta-vuit anys enrere.

Però abans va passar una cosa que cal relatar. El matí següent a l'allunatge em vaig despertar una mica més tard de l'habitual, però no massa, ja que volia veure l'enlairament de l'*Eagle*. Quan vaig entrar a la sala, l'oncle Luis ja estava assegut davant el televisor, anava encara amb pijama i estava amb la mirada perduda en les imatges que brollaven del tub catòdic. Vam veure l'enlairament plegats: la càmera mostrava un pla general del mòdul lunar, que semblava una aranya capgrossa. En arribar al final del compte enrere, el cap de l'aranya va sortir com un coet cap amunt i, en un tancar i obrir d'ulls, va desaparèixer del quadre. El cert és que va ser una mica decepcionant.

Aquella tarda vaig anar a la platja amb la Violeta i l'Azucena. Estava cansat, i em vaig estirar a la tovallola i, deixant que els raigs tebis del sol em bressolessin, vaig provar de dormir una estona. No vaig poder; tenia la sensació que algú em mirava. Vaig obrir els ulls i... Hi havia l'Azucena, asseguda a la sorra, mirant-me fixament.

—Què mires? —vaig preguntar.

Ella va arronsar les espatlles.

—És que no em penses parlar mai?

Va tornar a arronsar les espatlles.

—Per què no vas a buscar crancs? —vaig suggerir.

Aquesta vegada no va haver-hi arronsada d'espatlles, ni cap altre tipus de resposta; l'Azucena es va limitar a romandre immòbil i impassible, amb els seus enormes ulls clavats en mi. Vaig sospirar, resignat a oblidar-me de fer una becaina, i em vaig aixecar per anar a prendre el bany a les gèlides aigües del Cantàbric, i mentre caminava cap a la vora, em preguntava interiorment si aquella nena no seria una mica autista o, senzillament, s'ho passava d'allò més bé posant-me nerviós.

Vam tornar a casa a última hora de la tarda. Com que tenia sorra pertot i els cabells ressecs de salnitre, vaig anar directament al bany, vaig obrir l'aixeta, em vaig desvestir i, quan la banyera va començar a omplir-se de núvols de vapor, em vaig posar sota la dutxa i vaig estar una estona llarga ensabonant-me, gaudint de l'agradable sensació de l'aigua calenta lliscant per la meva pell.

Aleshores, sobreposant-se a les olors del gel i del xampú, vaig percebre un perfum delicat, una subtil i familiar aroma de nards.

El cor em va fer un bot. Amb tot aquell assumpte de l'allunatge, m'havia oblidat completament que un maleït esperit, o presència, o ens, o el que dimonis fos, vagarejava per Villa Candelaria. Però ara feia olor de nards, i això significava que aquella cosa era allí, molt a prop.

El pols em tremolava quan vaig tancar l'aixeta. Vaig estirar una mà cap a la cortina de la banyera, però no vaig aplegar el valor necessari per córrer-la. Què hi havia a l'altre costat? No se sentia res, tret del rítmic tamborineig de les gotes d'aigua que pausadament queien de la dutxa, però l'olor de nards era cada cop més intensa. Fent el cor fort, vaig apartar una mica la cortina i vaig espiar per l'escletxa. Vaig fer un bot; hi havia una cosa, una mena de presència boirosa...

No, només era vapor. Vaig respirar alleugerit i vaig córrer la cortina.

Al bany no hi havia ningú, no hi havia res. Vaig sacsar el cap, alleujat... I aleshores, amb esgarrifament, vaig veure el mirall. Estava entelat i algú o alguna cosa, un dit invisible, havia escrit un nom sobre el baf del vidre.

«Amalia»

Vaig sortir lentament de la banyera i em vaig quedar mirant aquelles sis lletres traçades en el mirall entelat. Durant uns segons vaig ser incapaç de pensar o fer res. Després, de sobte, vaig sortir de la meva estupefacció i vaig arrencar a córrer cap a la porta. Afortunadament, abans d'obrir-la vaig recordar que estava nu, em vaig enrotllar una tovallola a la cintura i vaig sortir a la recerca de la Violeta. La vaig trobar a la seva habitació; mai no l'havia vist tan sorpresa com quan em va veure entrar mig nu, amb l'aigua que em regalimava i ple de sabó.

—Què fas? —va preguntar—. Estàs mullant el terra...

—Has de veure una cosa! —la vaig interrompre, molt excitat—. Som-hi, afanya't!

—Però, què...?

—Deixa estar els *peroquès!* Som-hi, que es desentelarà!

La vaig conduir gairebé a empemtes al bany i li vaig ensenyar el mirall; tot i que el nom dibuixat en el baf havia començat a difuminar-se, encara era clarament legible.

—Jo era a la dutxa —vaig explicar precipitadament— i, en sortir, m'he trobat això...

La Violeta va alçar una mica el cap i va ensumar en l'aire. Tot i que era molt tènue, encara es podia percebre el fantasmal perfum.

—Nards... —va murmurar la meva cosina; després, va contemplar de nou el nom escrit en el mirall i va afegir—: Qui és l'Amalia?

—I a mi què m'expliques! Això mateix et volia preguntar jo.

La Violeta va arronsar les espatlles.

—No conec cap Amalia. Però cada cop és més clar que la Beatriz ens vol dir alguna cosa.

—Sant tornem-hi! —vaig exclamar de mal humor—. Quina mania de comunicar-se matant-me a ensurts! A més, per què estàs tan segura que és la Beatriz. Podria ser el diable, no? Potser hi ha algun endimoniat en aquesta casa. La teva germana petita, per exemple; és una nena molt estranya...

—No diguis bajanades —la Violeta em va fulminar amb una mirada despectiva—. És la Beatriz i vol alguna cosa de nosaltres, però què? I qui és aquesta Amalia? —va respirar fondo—. Hem de parlar, Javier. Vine a la meva habitació.

Va començar a caminar cap a la seva cambra i jo la vaig començar a seguir, però ella em va aturar amb un gest.

—Estaria bé que t'eixuguessis —va suggerir—. Estàs molt guapo així, mig en pilotes, però t'hauries de vestir.

* * *

—Em sembla que he descobert la clau del que estàs pensant...

La Violeta, dreta al costat del finestral de la seva habitació, va deixar la frase en suspens, com si estigués escrivint un dels seus contes i volgués reforçar el relat amb una pausa dramàtica.

—De quina clau parles? —vaig preguntar.

—De tu —va contestar ella, molt seriosa.

—De mi? Què hi tinc a veure jo, amb els fantasmes de la teva família?

—Res, però... —la Violeta va desviar la mirada i, a través dels vidres, vaig mirar el pati del darrere, tènuement il·luminat per les últimes llums de l'ocàs—. Suposem que existeixen els fantasmes —va prosseguir—, i suposem que hi ha un fantasma a Villa Candelaria...

—No ha de ser un fantasma necessàriament —la vaig interrompre—. Potser és això que anomenen... *poltergeist*, crec. Cases encantades, ja saps: sorolls, veus, objectes que es mouen sols i coses així. Abans es pensava que era cosa de fantasmes, però després es va descobrir que aquests fenòmens els provocava algun habitant de la casa, generalment adolescents. Com la teva germana petita! Estic segur que aquesta nena...

—Que pesadet que et poses. L'Azucena només és una mica tímida, d'acord? No té res a veure amb tot això. Ara, prou de ximpleries i suposem que hi ha un fantasma a casa. El que és clar és que no tothom pot notar la seva presència. De fet, fins que vas arribar tu, només jo el podia veure.

—Bé, i què?

—Diuen que hi ha persones més dotades que d'altres per percebre els fenòmens sobrenaturals. Jo ho estic, però tu molt més.

—I això per què?

—Perquè, fins ara, jo tan sols he olorat el perfum de nards, o he sentit passos; a tot estirar, havia vist ombres i reflexos rars. Però de sobte arribes tu i es mouen els llibres o apareixen paraules escrites als miralls. Això mai no havia passat; és com si la teva presència aquí li donés forces per manifestar-se —va fer una pausa i va afegir—: La Beatriz vol que esbrinem el que va succeir.

—Però si ni tan sols estem segurs que sigui la Beatriz —vaig protestar amb desànim—. Tu l'has vista? Doncs jo tampoc, tret de la faldilla del seu vestit, i ni tan sols estic segur del que vaig veure. Podria ser qualsevol cosa; els enagos de Maria Antonieta, per exemple. El que hem de fer és buscar un exorcista, un bruixot o una cosa semblant...

Feia broma, és clar; però la Violeta ni tan sols va somriure.

—És la Beatriz —em va dir amb gravetat—; n'estic segura, Javier, és ella. Ens vol explicar el que li va passar, però per alguna raó no pot, així que ens dóna pistes perquè ho descobrim nosaltres.

—Quines pistes?

—Que esperava un vaixell, el *Savanna*. I ara ens ha donat un nom: Amalia.

—I qui dimonis és l'Amalia? Perquè aquesta és l'altra: si aquest fantasma teu ens vol donar pistes, ho podria fer molt millor. Amalia què? Hagués estat un detall dir-nos el cognom; però no, és clar, els esperits han de ser misteriosos. Amalia, Amalia... Deu haver-hi milers de persones que es diuen Amalia.

—Ja ho esbrinarem, Javier; ara oblida-te'n —la Violeta se'm va acostar—. He de fer una cosa —va dir en to confidencial—, i necessito ajuda.

—Per a què? —vaig preguntar amb desconfiança.

—Doncs... —va vacil·lar—. És per allò que vas dir l'altre dia de les golfes. Em sembla que tens raó; quan la Beatriz va desaparèixer, els seus familiars van haver de fer alguna cosa amb les seves coses. Potser les van llençar, però també és possible que les guardessin.

—Al traster.

—Sí.

—I tu vols que ens posem a remenar en aquella cofurna polsosa plena de fòtils, aranyes i rates, oi?

La Violeta va somriure amb innocència i va assentir. I jo, de sobte, em vaig sentir molt, però que molt deprimit.

7. De l'amor i altres desastres

De vegades, les matemàtiques deixen de ser una ciència abstracta per convertir-se en una cosa terriblement concreta. Les golfes de Villa Candelaria tenien dotze metres de profunditat per deu d'amplària i tres d'altura. En total, tres-cents setanta metres cúbics plens de gom a gom de trastets. Si suposem que cada metre cúbic contenia una massa de trenta quilos, i em quedo curt, el resultat final de l'equació era que ens encaràvem a onze tones d'endergues. Només de pensar-hi, em cansava.

La Violeta i jo ens vam posar mans a la feina, vam pujar a la planta superior i ens vam quedar mirant, amb força desànim, el panorama desolador que s'estenia davant nostre. Allí hi havia una muntanya de trastos, un munt d'estris, generacions i generacions d'objectes inútils acumulats durant cent anys.

—He dit a la mare que anàvem a endreçar les golfes —comentà la Violeta—. Deu pensar que m'he tornat boja, però no ha protestat.

—Això és espantós —vaig mussitar, abatut—. Mai no he vist tants trastos. Per què no ho deixem córrer?

—Va, no n'hi ha per tant —la Violeta va reflexionar amb la mirada fixa en l'interior del traster—. Jo crec que les coses s'han anat acumulant des del fons cap a l'entrada...

—I com que el que busquem té setanta anys d'antiguitat —vaig concloure amb desànim—, ha d'estar cap al fons. Així que de primer haurem de moure tots els estris que hi hagi al davant.

—No caldrà. El que farem és treure a la terrassa els embalums que hi ha a primera línia; després, portarem les coses del centre cap als costats i així farem una mena de passadís —va somriure amb exagerat optimisme—. Som-hi, com més aviat comencem, abans acabarem. Ja veuràs que senzill que és.

No, no era senzill; era difícil. I molt cansat, molt. En acabar el dia, després de nou hores d'esforços, amb prou feines havíem aconseguit desplaçar una ínfima part dels fòtils que atestaven les golfes, i ja estàvem fets pols. De fet, encara recordo amb horror els cruiximents que vaig tenir els primers dies de feina, i els ulls de poll que em van sortir a les mans de traslladar tants trastos, però no vaig defallir. I si no ho vaig fer, va ser perquè la Violeta s'esforçava tant o més que jo, i en cap moment la vaig veure desanimar-se o queixar-se.

Jo no trobava gaire sentit al que estàvem fent; el més probable és que no hi hagués res d'interessant a les golfes, però... Però potser sí, i tenia curiositat, ho reconec, de manera que vaig estar-me amb la boca tancada i em vaig dedicar completament a desplaçar capses, moure mobles trencats i amuntegar objectes, tot això sense protestar, però maleint interiorment l'afany conservador d'una família que, pel que es podia veure a les golfes, semblava desconèixer l'ús de les galledes d'escombraries.

Mentrestant, tot i que ningú no ho sospitava, el desastre estava a punt d'abatre's a Villa Candelaria. Però, abans que això passés, els astronautes que havien viatjat a la Lluna van tornar a la Terra. Dijous, vint-i-quatre de juliol, la càpsula espacial va amarar al Pacífic i el portaavions *Hornet* en va recollir els tripulants. Ho vaig veure tot per televisió, sense cap altra companyia que la del meu oncle.

Si he de ser franc, ningú no havia fet gaire cas al televisor de l'oncle Luis. Des que va engegar l'aparell per primera vegada, l'oncle s'hi va obsessionar. S'instal·lava cada dia davant de la pantalla, i s'empassava impertèrrit tota la programació, fins i tot la carta d'ajust, els cercles segmentats de la qual el fascinaven com si fos un mandala, una d'aquelles pintures geomètriques que fan servir els lames tibetans per meditar. L'oncle es passava tot el dia mirant la tele, sense dir ni piu, i després, en acabar l'emissió, s'aixecava com un zombi del seient i se n'anava a l'habitació, per iniciar una altra vegada el procés l'endemà.

Estava obsessionat, era evident, però ningú no hi va donar gaire importància. «De vegades es comporta com un nen», comentà la tieta Adela; i va afegir amb aire malganós: «Aviat li passarà». I tenia raó; aquella mateixa tarda, després de la retransmissió de l'amaratge, l'oncle Luis va parpellejar unes quantes vegades, molt ràpidament, igual que si es despertés d'un traspàs, va mirar al seu voltant amb estranyesa, em va contemplar com si em veiés per primera vegada, va allargar una mà tremolosa, va apagar la televisió i va dir en veu baixa:

—Aquest artefacte és diabòlic, Javier... Et roba la voluntat... —es va aixecar una mica vacil·lant, desendollà l'aparell, el va agafar entre els seus braços i va afegir—: He creat un monstre i ara l'he de destruir.

Tot seguit, se'n va anar cap al soterrani i passà la resta de la tarda desmuntant el televisor. Així va concloure la breu experiència televisiva de la família Obregón.

* * *

De mica en mica, a mesura que passaven els dies, la Violeta i jo vam anar avançant en la nostra exploració a les golfes. Havíem desocupat una franja de més o menys sis metres de longitud, i en el centre de les golfes es va formar un passadís envoltat d'embalums, però encara quedava gairebé el mateix per arribar al fons.

Era una feina dura; ens feien mal el músculs de tant carregar trastos amunt i avall i no paràvem de tossir per la pols que saturava l'aire. A mesura que avançàvem cap al fons, semblava que retrocedíem en el temps. Vaig trobar pilons de revistes dels anys cinquanta, i després àlbums fotogràfics dels quaranta, i una màscara de gas, vestigi de la Guerra Civil, i més endavant, una caixa amb joguines de llauna que, probablement, devien ser de l'oncle Luis. En certa manera, allò era com una excavació arqueològica, amb l'única diferència que els estrats temporals no se succeïen en sentit vertical i cap avall, sinó horitzontal i cap al fons.

Gràcies a les dates de les revistes, els diaris o les cartes que trobàvem, podíem determinar amb una certa precisió l'època que havíem assolit en la nostra avançada. I va ser en arribar a l'estrat corresponent als anys trenta, quan la calma que regnava a Villa Candelaria es va somoure per un accident inesperat.

* * *

Dissabte, la Violeta i jo vam començar a treballar a les golfes ben d'hora. A mig matí, mentre ens esforçàvem a apartar un armari de paret trencat, i molt pesant, la meva cosina va alçar de sobte el cap i va girar la mirada, com si alguna cosa li hagués cridat l'atenció.

—Has sentit? —va preguntar.

—El què?

—M'ha semblat que algú cridava.

—Doncs jo no he sentit res...

La Violeta em va interrompre amb un senyal i tots dos ens vam quedar en silenci, amb les orelles ben atentes. Al cap d'uns segons, vaig percebre el so llunyà d'unes veus que semblaven que provenien de l'interior de Villa Candelaria. En efecte: algú cridava.

—Vaig a veure què passa —va dir la meva cosina—. Espera'm aquí; torno de seguida.

La Violeta va començar a caminar cap a la sortida

i jo em vaig asseure damunt una caixa de fusta. Al meu costat hi havia una pila de diaris vells; en vaig agafar un i el vaig començar a fullejar. Era un exemplar de l'*Ahora* de 1935, amb els fulls groguencs i trencadissos plens de notícies curioses: «L'espia russa Olga Moskovies ha estat expulsada de territori portuguès», «Wiley Post fracassa en el quart intent de vol subestratosfèric transcontinental», «S'ha produït un gran enfrontament entre els nazis i els cascos d'acer de Munic», per no esmentar els set gols que el Reial Madrid havia fet al Betis en un partit amistós. També eren divertits els anuncis: «HÈRNIA. No cal portar més braguer», «Llimonada Ideal del Dr. Campoy. El millor purgant», «Vigoria sexual Hoch. Enviem discretament», «Hotel Bristol. Habitació amb bany 6 pessetes».

Al cap d'un quart d'hora, després d'haver fullejat un bon grapat de diaris vells, em vaig començar a preguntar on era la Violeta. De tant en tant, encara escoltava en la llunyania alguna veu; finalment vaig sortir de les golfes i vaig baixar al segon pis. Però la Violeta no era a la seva habitació, així que em vaig encaminar cap a la planta baixa.

La vaig trobar al vestíbul, al costat de la Margarita i l'Azucena. Totes tres estaven escoltant les veus enfadades que sonaven darrere la porta de la sala.

—Què passa? —vaig preguntar.

La Margarita, amb l'orella enganxada al full de la porta, em va piular perquè callés.

—Ha vingut Don Germán —va dir la Violeta en veu baixa—. S'està discutint amb el pare.

—Qui és Don Germán?

—Germán Mendoza. El pare del nòvio de la Rosa; ja te'n vaig parlar, no te'n recordes?

Vaig assentir.

—Ja, aquell ricàs estirat. I què?

—Voleu callar? —ens va instar la Margarita—. No sento res.

Vam tancar la boca, però, en lloc de veus, vam escoltar el taloneig d'uns passos que s'acostaven. La Margarita va aconseguir apartar-se just en el moment que la porta de la sala s'obria bruscament, i passava un home de mitjana edat, gros i amb el rostre congestionat. El seguia l'oncle Luis, molt seriós. Don Germán va obrir la porta del carrer i es va girar cap a l'oncle.

—Tingui a ratlla la seva filla, senyor Obregón —li va dir amb asprор—. Tingui-la a ratlla.

—I vostè mantingui allunyat el seu fill de la meva família —replicà l'oncle Luis.

Va sobrevenir un silenci tens.

—Almenys —va dir a la fi Don Germán—, en això estem d'acord.

—No ho dubti.

Don Germán va alçar la mandíbula amb altivesa i, sense acomiadar-se, va abandonar la casa. A fora l'esperava un Mercedes amb xofer. L'oncle Luis va tancar la porta, va respirar fondo i es va girar cap a les seves filles.

—On és la Rosa? —va preguntar en to gèlid.

—A la seva habitació —contestà la Margarita—. Però si vols saber la meva opinió, pare...

—No, no vull saber la teva opinió —la va interrompre l'oncle Luis—. Vosaltres ho sabíeu, oi? Sabíeu que la Rosa es veia amb Gabriel Mendoza, tot i que jo li ho havia prohibit. I no em vau dir res.

—Escolta, pare —insistí la Margarita—; ets molt inju...

—Prou! —va exclamar l'oncle Luis alçant les mans—. No vull sentir cap paraula més!

Dit això, va començar a caminar escales amunt en direcció a l'habitació de la Rosa. Mai no l'havia vist tan enfadat.

—I la mare? —preguntà la Violeta al cap d'un llarg silenci.

—A la cuina —va contestar la Margarita—. Ja saps que no li agraden gaire aquestes coses.

—Us importaria dir-me què passa? —vaig preguntar.

—Don Germán —m'informà la Violeta— s'ha assabentat que el seu fill i la Rosa es continuen veient.

—I saps com se n'ha assabentat? —va tercerejar la Margarita—. Va contractar un detectiu perquè seguís el seu fill. Un detectiu! Aquest paio està malalt.

—Don Germán s'ha presentat a casa fet una fúria —va prosseguir la Violeta—. I ja has vist com s'ha posat el pare.

—Sí —vaig assentir amb cara de circumstàncies—, està molt enfadat...

Com si els fets volguessin confirmar les meves paraules, de sobte ens va arribar des del segon pis el so d'un torrent de veus irades. L'oncle Luis estava esbroncant la seva filla gran. Ens vam congregar al peu de les escales i, en silenci, vam seguir el desenvolupament d'aquell petit desastre.

No recordo què li va dir exactament l'oncle Luis a la Rosa, perquè estava tan enfadat que passava una vegada i una altra del crit al xiuxiueig, combinant sense solució de continuïtat censures, admonicions i retrets; tanmateix, mai no he oblidat l'expressió de l'Azucena, allí, al peu de l'escala, mirant-nos a tots plegats amb aquells ulls grossos i sorpresos, i preguntant-se, crec jo, si no estarien bojos tots els adults.

* * *

L'oncle Luis va prohibir terminantment a la Rosa tornar a veure Gabriel Mendoza, i també li va prohibir sortir de casa, ni de dia ni de nit. Ni tan sols li estaria permès parlar per telèfon. En resum: la Rosa romandria enclaustrada a Villa Candelaria fins que, en passar l'estiu, es traslladés a Madrid per estudiar Arquitectura.

Jo estava molt perplex. L'oncle Luis m'havia semblat sempre un home afable i comprensiu, fins i tot una mica calçasses; però, de sobte, s'havia transformat en una mena de pare del segle XIX, despòtic i intolerant. Suposo que aquell insòlit canvi de caràcter es devia a la rancúnia que l'oncle professava als Mendoza. Però, com era possible tant odi?

Fos com fos, un núvol de tempesta semblava haver-se instal·lat a Villa Candelaria. La Rosa passava gran part del temps a la seva habitació, tot i que de vegades baixava a la sala per a dibuixar al costat del mirador. Suposo que estava molt trista, encara que no ho demostrava. La tieta Adela, per la seva banda, no deia res, tot i que de tant en tant mussitava: «Ai, Déu meu, Déu meu...», i sospirava llargament. L'oncle Luis passava la majoria d'hores tancat al taller, però de manera ocasional sortia del seu refugi i deambulava per la casa amb aire reconcentrat, les mans encreuades a l'esquena i la mirada ombrívola.

Pel que fa a la Violeta i la Margarita, no es van apartar en cap moment de la Rosa. Es tancaven amb ella a la seva habitació, o li servien de models per als seus dibuixos, o jugaven a les cartes i als escacs, o xerraven amb ella amb veu baixa. Fins i tot l'Azucena li donava el seu suport asseient-se al seu costat, sense dir res, però solidaritzant-se amb ella a base de pura proximitat. Tot d'una, les meves quatre cosines havien fet pinya, com si els problemes d'una d'elles afectessin per igual a la resta. I jo, de nou, em vaig tornar a preguntar si el meu germà i jo podríem arribar alguna vegada a estar tan units; però em vaig dir que probablement no, almenys d'aquella manera tan incondicional, per la simple raó que érem homes i, per tant, prou estúpids com per no permetre'ns mostrar ni un àpex de debilitat.

Com que la Violeta passava molt de temps amb la Rosa, l'exploració de les golfes es va veure interrompuda, i jo em vaig quedar sense res a fer ni ningú amb qui fer-ho. I el súmmum va ser que va començar a ploure una altra vegada, de manera que ni tan sols podia anar a la platja, així que em passava els dies llegint, escoltant la ràdio o passejant sol. A més, l'ambient a Villa Candelaria era cada cop més tens, sobretot durant els dinars i els sopars, quan ens reuníem tots al voltant de la taula i ningú no parlava. D'una banda hi havia la Rosa i les seves germanes, de l'altra l'oncle Luis i en mig la tieta Adela, que no es decantava per cap bàndol. Suposo que jo tan sols era un convidat de pedra sense veu ni vot.

Va ser durant un sopar, tres dies després de la visita de Don Germán, quan finalment vaig comprendre les raons del comportament de l'oncle. En acabar el segon plat, sense esperar a les postres, la Rosa es va incorporar i va dir a la seva mare:

—Estic cansada, mare. Me'n vaig a l'habitació.

La tieta Adela se'n va acomiadar i després, molt fluix, va mussitar: «Ai, Déu meu, Déu meu...», seguit d'un sospir llarg. L'oncle Luis va arrufar el nas i va fingir que es concentrava en el préssec que estava pelant. Després d'un silenci sepulcral, la Margarita va dir:

—Fins quan durarà això, pare?

L'oncle va continuar pelant la fruita, sense alçar la mirada.

—Fins quan durarà el què? —preguntà.

—La teva intolerància —va respondre la Margarita—. No tens dret a tractar així la Rosa.

Vaig pensar que l'oncle Luis explotaria una altra vegada, però en lloc d'això va replicar en veu baixa:

—Sóc el seu pare. Aquest és el meu dret.

—Doncs no n'hi ha prou. La Rosa no és de la teva propietat, pare, no és un gos al qual puguis tancar a casa per a castigar-lo. I tot per una cosa que va passar quan cap de nosaltres havia nascut! És increïble... No, és medieval. Sembla mentida tot l'enrenou que estàs muntant per unes punyeteres batalletes familiars del segle passat...

Va sobrevenir un silenci pesant. La Violeta mantenia la mirada fixa en les tovalles; l'Azucena mirava alternativament la Margarita i el seu pare, com si presenciés un partit de tennis, i la tieta Adela es movia a la cadira, suposo que dubtava entre aixecar-se i dir alguna cosa, o continuar asseguda i no badar boca. Al cap d'uns segons, en veu molt baixa, l'oncle Luis va preguntar:

—Has acabat?

La Margarita va exhalar una glopada d'aire.

—Sí; suposo que no val la pena continuar parlant.

—T'equivoques —replicà ell—; sempre val la pena parlar —va fer una pausa—. Suposo que a tu l'única batalla que t'interessa és la del proletariat que s'allibera del jou capitalista, i que les batalletes familiars t'importen un rave. Doncs ho sento, però t'explicaré una d'aquestes batalletes —va deixar el préssec, sense tastar-lo, damunt el plat i es va netejar les mans amb el tovalló; després va mirar fixament la seva filla i va continuar—: Durant la guerra, quan els franquistes van aconseguir el poder al nord d'Espanya, els Mendoza van difondre un munt de calúmnies sobre el meu pare. El van acusar de col·laborar amb els rojos, de trair la causa de l'Alzamiento Nacional, de dedicar-se a l'estraperlo... En resum, el meu pare, el teu avi, no tan sols va perdre tot el que tenia, sinó que a més va passar dos anys a la presó. Quan finalment va tornar a casa, era un home acabat. Jo només tenia catorze anys,

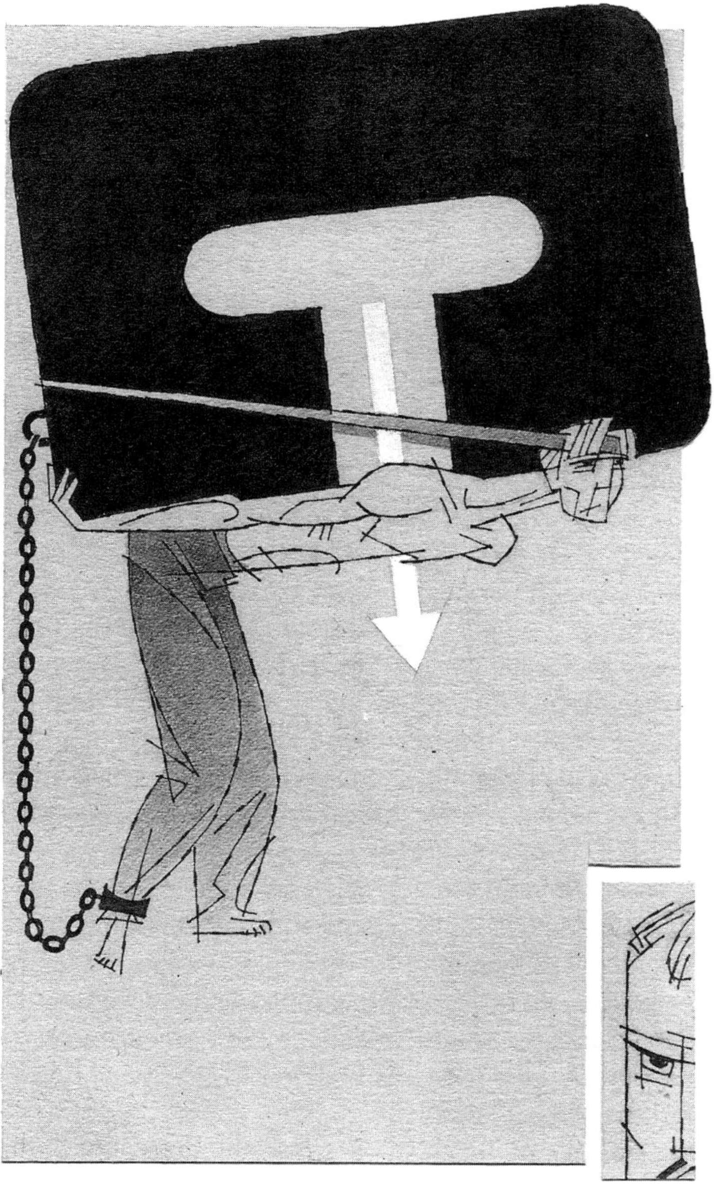

però recordo molt bé la seva amargor i la seva tristesa, els llargs silencis i la mirada d'home derrotat. La meva mare va morir l'any quaranta-quatre, ell la va seguir sis anys després, a les darreries de 1950, una mica abans que nasqués la Rosa. Els metges van dir que el va matar una crisi cardíaca, però a mi em sembla que va morir de pena.

Les paraules de l'oncle Luis van quedar suspeses en l'aire, seguides d'un llarg silenci, només trencat pel batre llunyà de la pluja. Un tro va ressonar en la distància.

—Això va passar fa molt de temps, pare —va replicar la Margarita en veu baixa.

—Pot ser que sí; però no és una simple anècdota, ni una història de la guerra com tantes altres. Jo era allí, jo vaig patir en les meves carns les intrigues dels Mendoza, jo vaig ser testimoni del que aquesta gentussa va fer als meus pares. I ara vols que accepti de bon grat que una de les meves filles festegi amb un d'ells? Pretens que ho oblidi tot i aculli a casa meva un membre de la família que va arruïnar la vida dels meus pares? És això el que, segons tu, hauria de fer?

—Tranquil·litza't, Luis —va mussitar la tieta.

—Estic molt tranquil, Adela —l'oncle Luis va deixar el tovalló damunt la taula, s'incorporà i, abans d'abandonar el menjador, va dir a la seva filla—: Mentre jo visqui, no consentiré que ningú de la meva família tingui la més mínima relació amb un Mendoza. Això és definitiu, i aquesta és la darrera vegada que discuteixo aquest assumpte.

Van ser moltes les coses que vaig aprendre en la

meva estada a Villa Candelaria, però aquella nit, durant aquella discussió de sobretaula, vaig comprendre una cosa que després, al llarg de la vida, m'ha estat de gran utilitat per entendre les persones. Resultava fàcil considerar l'oncle Luis el dolent de la pel·lícula; al cap i a la fi, era ell el qui es comportava de forma intolerant, com un pare despòtic i tancat. Tanmateix, l'oncle Luis tenia les seves raons per actuar d'aquella manera; unes raons equivocades, però poderoses, i això és el que vaig aprendre, que sempre hi ha una causa per al que fem, que tots tenim els nostres motius.

* * *

L'endemà al matí, just quan acabava de vestir-me, la Rosa es va presentar a la meva habitació.

—Pots venir un moment, Javier? —em preguntà.

La vaig seguir a la seva cambra; hi havia també la Violeta i la Margarita. La Rosa va tancar la porta i em va convidar a asseure'm al llit.

—Em semba que ja saps el que està passant —digué, i jo vaig assentir amb un moviment de cap; aleshores ella continuà—: Fa un any i mig, un amic comú em presentà Gabriel Mendoza, encara que ja ens coneixíem de vista. En Gabriel estudia Arquitectura a Madrid, així que vam estar parlant una estona sobre la carrera. A partir d'aleshores, vam coincidir unes quantes vegades i, gairebé sense adonar-nos-en, vam començar a sortir. Sempre d'amagat, és clar; però com que ell viu a Madrid, només ens podíem veure alguns caps de setmana i a les vacances. Malgrat tot, i encara que soni cursi dir-ho, en Gabriel i jo ens hem enamorat —va fer una pausa i va afegir—: En Gabriel és... Espera, t'ensenyaré una foto.

La Rosa es va apropar a un petit escriptori situat al costat del finestral, va treure una fotografia de l'interior d'un calaix i me la va mostrar. Suposo que m'esperava trobar amb el típic nen de casa bona tot ben pentinat, però no va ser així. La foto era d'un jove d'uns vint anys, amb barba, cabells revolts i ulleres de miop, un tipus d'aspecte simpàtic.

—No s'assembla gens al seu pare —va assenyalar la Rosa—. En Gabriel és amable, i atent, i té molt sentit de l'humor. Si el coneguessis, estic segura que et cauria molt bé.

Vaig contemplar la foto durant uns segons i després vaig mirar la meva cosina sense saber què dir. Per què m'explicava la Rosa tot allò?

—Et vull demanar un favor, Javier —va dir ella, endevinant el meu desconcert; va agafar un sobre que era al damunt de l'escriptori i va afegir—: En Gabriel serà avui a la tarda al bar del Casino, un bar d'El Sardinero. T'importaria portar-li aquesta carta?

La veritat és que em feia molt poca gràcia embolicar-me en tot aquell assumpte; no volia ni pensar què passaria si l'oncle s'assabentés de la meva intervenció. Vaig alçar les celles i, amb una muda pregunta als ulls, vaig girar la mirada cap a la Violeta i la Margarita.

—Nosaltres no ho podem fer —va dir la Violeta.

—El feixista de Don Germán té el seu fill vigilat per un detectiu —va afegir la Margarita—, i el maleït sicari ens reconeixeria.

—Però a tu no et coneix —va concloure la

Violeta—, així que has de ser tu qui porti la carta a en Gabriel.

La Margarita, amb aire una mica avorrit, es va treure les ulleres i va començar a netejar-les. La Violeta em contemplà fixament, amb gravetat, com un oficial que espera que un soldat es presenti voluntari per a una perillosa missió. La Rosa va somriure; era tan guapa i semblava tan desvalguda...

—D'acord, ho faré —vaig acceptar amb un sospir.

I vaig allagar la mà per agafar el sobre que m'oferia la meva cosina gran.

* * *

Plovia a bots i barrals quan vaig arribar al bar del Casino. Eren les set del vespre i el bar era ple de clients, però no vaig trigar gaire a clissar Gabriel Mendoza assegut en una taula, davant d'una gerra de cervesa. Vaig tancar el paraigua, m'hi vaig acostar i em vaig presentar.

—Així que tu ets el famós cosí de Madrid —va dir en Gabriel, tot estrenyent-me la mà—. La Rosa m'ha parlat molt de tu. Vols prendre alguna cosa?

—Sí, una...

Anava a dir una Coca Cola, però en Gabriel, sense deixar-me acabar la frase, es va girar cap al cambrer i va demanar dues cerveses.

—Com està la Rosa? —em va preguntar quan ens vam asseure.

—Bé... Bé, el seu pare no la deixa sortir de casa.

—Ja, ja ho sé; ni tan sols la deixa parlar per telèfon. T'ha donat res per a mi?

Vaig assentir i li vaig lliurar el sobre. En Gabriel el va estripar amb nerviosisme, va desplegar la carta i es va sumir en la lectura. Crec que la va llegir tres vegades consecutives; mentrestant, el cambrer va portar les begudes. A mi no m'agradava gaire la cervesa (massa amarga), però tenia set i en vaig fer uns quants tragos. Mentre ho feia, contemplava dissimuladament el xicot de la meva cosina.

Gabriel Mendoza no s'ajustava en el més mínim a la imatge estereotipada d'un fill de milionaris. Era alt i prim, suposo que guapo, però anava una mica malforjat; sota les ulleres de miop, que li empetitien els ulls, una barba castanya i força descurada li cobria completament la barbeta. Portava una camisa de cotó i uns texans molt gastats. Després vaig descobrir que, de vegades, en parlar tartamudejava una mica, com si les paraules s'entrebanquessin. El típic tic, vaig pensar, que sol entendrir el cor de les noies. En conjunt, tenia molt més aspecte d'estudiant d'esquerres que de milionari.

Havent llegit i rellegit la carta durant cinc llargs minuts, en Gabriel la va amagar en el sobre, se li va perdre la mirada, va sospirar, es va beure la cervesa d'un glop i va demanar una altra ronda al cambrer. Després, es va girar cap a mi i, amb un nou sospir, em va dir:

—La teva cosina és meravellosa...

No vaig saber què contestar, així que vaig barbollar una cosa inintel·ligible.

—El pitjor de tot és que ens hem vist molt poc —va continuar en Gabriel—. Jo estudio a la Politècnica de Madrid, saps?, a l'Escola d'Arquitectura; he acabat segon. La Rosa es matricularia a l'Escola aquesta tardor, i finalment podríem estar junts tot el temps, però...

Va callar en arribar el cambrer amb dues cerveses més. La beguda se m'acumulava, i vaig començar a beure més de pressa.

—Escolta —va prosseguir en Gabriel—, vull que diguis a la Rosa una cosa; digues-li que el meu pare està que treu foc pels queixals. S'ha assabentat que ella anirà a estudiar a Madrid, i ara s'ha entossudit que jo deixi la Politècnica i em matriculi a no sé quina universitat nord-americana. Li ho diràs?

—És clar... I tu que faràs? Em refereixo a això d'anar-te'n als Estats Units.

En Gabriel em va mirar amb impotència.

—I jo què sé... —mussità—. El meu pare és més tossut que una mula.

—Per què no hi parles?

—Hem parlat mil vegades i no ha servit de res —va acabar la cervesa i, amb un gest, va demanar al cambrer una altra ronda—. El meu pare odia a mort els Obregón —va prosseguir—. Saps la història de la Beatriz i el collar del compromís?

—Les Llàgrimes de Shiva, sí —vaig afirmar mentre em bevia ràpidament la primera cervesa.

—Doncs jo crec que el que més va enfurir la meva família no va ser el robatori del collar sinó que una Obregón deixés plantat un Mendoza al peu de l'altar. S'ho van prendre com un insult i així han continuat durant setanta anys, que es diu aviat. Per al meu pare és una qüestió personal, com si el nòvio desdenyat hagués estat ell —va arronsar les espatlles—. Si s'entossudeix que me'n vagi als Estats Units, no hi haurà cap més remei que anar-me'n.

—Per què no t'hi enfrontes?

En Gabriel va somriure amb amargor.

—Tu no coneixes el meu pare —va contestar—. És un home de molt coratge; si em passés pel cap de desobeir-lo... En fi, no sé el que faria. Escorxar-me viu, probablement —va moure el cap—. Saps que ha contractat un detectiu perquè em segueixi? —va assenyalar cap a la porta del bar—. Veus aquell individu calb i amb gavardina, que fa veure que llegeix un diari...? Doncs és el meu Humphrey Bogart particular. Em segueix a tot arreu, com un gos faldiller.

Va aixecar una mà i va saludar el tipus de la barra; ell va apartar la mirada, astorat, i va fingir que es concentrava en la lectura del diari.

No cal relatar com es va desenvolupar la nostra trobada. En Gabriel es va embolicar en una llarga xerrameca, monòleg més aviat, sobre el seu pare, la Rosa i l'absurda rivalitat que enfrontava les dues famílies. I, mentre parlava, no deixava de beure cervesa, i de demanar més rondes; i jo, ho confesso, vaig continuar el seu ritme de beguda amb un entusiasme creixent. En resum, al cap d'una hora estàvem borratxos; ell una mica, jo com una sopa.

A partir d'aleshores, no recordo gaire bé com es van desenvolupar els esdeveniments. En algun moment, en Gabriel es va acostar al detectiu i el va convidar a asseure's amb nosaltres. El pobre home semblava una mica cohibit, almenys al començament; però després, a mesura que la cervesa li feia efecte, es va mostrar cada cop més desinhibit. En un parell d'hores, després de consumir no sé quantes cerveses i sentir unes quantes vegades les penes amoroses d'en Gabriel, el detectiu, embriagat de solidaritat etílica, va començar a maleir la seva feina i va jurar que abandonaria el cas l'endemà. Aleshores en Gabriel el va provar de convèncer que no ho fes, assegurant-li que no era culpa seva, i que, si un detectiu l'havia de seguir, preferia que fos ell. En fi, la conversa es va tornar una mica absurda, encara que és just reconèixer que aquell bulldog va resultar ser un home molt simpàtic.

Vaig tornar a Villa Candelaria a quarts d'onze de la nit, tot xop (m'havia oblidat el paraigua) i fent esses. Vaig provar d'introduir la clau al pany, però la tasca em va semblar titànica, entre altres coses perquè hi veia doble i el jardí no parava de fer voltes. El cas és que de segur que vaig fer més soroll del que em pensava, perquè la porta es va obrir de sobte, i allí hi havia la Margarita, mirant-me amb sornegueria.

—Quin pet que portes, cosinet —es va limitar a dir.

Vaig intentar contestar alguna cosa, però la Margarita em va agafar d'un braç, em va portar a l'habitació, em va asseure al llit, va desaparèixer com per art d'encantament i va tornar uns minuts després amb la Rosa i la Violeta.

—He explicat als pares que t'havia caigut malament alguna cosa que has menjat —va dir la Margarita—, que no volies sopar i que te n'anaves directe al llit, així que no facis gaire soroll.

La Violeta no va dir res, però no havia vist mai tanta reprovació en la mirada d'algú. La Rosa se'm va acostar i em va mirar amb preocupació.

—Estàs bé, Javier? —preguntà.

—És clar que sí... —vaig replicar, tenia la llengua com un drap—; estic ferpec..., prefec... Estic molt bé...

—Has vist en Gabriel?

—Sí... —vaig somriure com un ximple—. El teu nòvio és un tipus fantàstic, ho saps...?

—Li has donat la carta?

—És clar...

—I què ha dit?

Vaig arrugar la cella i vaig fer memòria. En Gabriel m'havia dit moltes coses, massa per recordar-les totes; tanmateix, després d'un prolongat esforç, un raig de llum tènue va començar a trencar les tenebres en què estava sumit el meu cervell.

—Ah, sí! —vaig exclamar—. M'ha demanat que t'expliqués una cosa... Va dir que ja no podreu estar junts a Madrid el curs vinent, perquè... Com era?... Ah, sí, perquè el seu pare l'envia a estudiar als Estats Units... També m'ha dit que t'estima molt...

La Rosa se'm va quedar mirant de fit a fit, com si li hagués clavat una bufetada. Tot d'una, els ulls se li van omplir de llàgrimes, va fer mitja volta i va sortir de l'habitació a corre-cuita. La Margarita va moure el cap i va córrer rere seu. La Violeta, per la seva banda, se'm va quedar mirant com si jo fos un vampir que acabés de xuclar la sang a una donzella.

—Què passa...? —vaig preguntar, desconcertat—. Què he fet...?

—No et fa vergonya? —va deixar anar—. Arribes

tard, estàs borratxo i... Com has pogut dir això a la Rosa, així, de sobte? Ets una bèstia sense gens de sensibilitat, ets...

La Violeta em va dedicar els minuts següents, i tot el seu entusiasme, a posar-me verd, tot i que he de reconèixer que no recordo gairebé res del que em va dir; entre altres coses, perquè en algun moment de l'esbroncada em vaig quedar profundament adormit.

* * *

Em vaig despertar de matinada, bruscament. Estava molt marejat, així que vaig haver d'anar corrents al bany per vomitar. La resta de la nit va ser una constant anada i vinguda al lavabo i viceversa, ja que a causa de la molta cervesa que havia begut no parava de pixar.

Em vaig aixecar d'hora, encara que el meu estat no podia ser més deplorable; em feia mal el cap, em notava la boca pastosa i tenia l'estómac regirat. Quan vaig baixar a esmorzar, vaig coincidir a la cuina amb la senyora Ramona, l'assistenta.

—Quina mala cara que fas, Javieret; estàs malalt? —la Ramona se'm va acostar, m'observà amb deteniment, va somriure d'orella a orella i exclamà—: I ara, malalt...! Tu el que tens és una ressaca de les que fan història!

En alçar ella la veu, vaig sentir com si em clavessin un clau entre els ulls; afortunadament, la senyora Ramona va procedir tot seguit a alleujar els meus mals amb maternal diligència, em va donar aspirines i sal de fruites, i em va preparar dues tasses de cafè molt carregat. Mitja hora més tard, quan em vaig trobar una mica millor, vaig tornar al segon pis. En travessar el passadís, vaig sentir que les meves cosines parlaven a l'habitació de la Rosa, i vaig estar a punt d'entrar-hi, però aleshores vaig recordar el vergonyós episodi de la nit anterior i vaig canviar d'idea a l'instant.

No tenia ganes de veure ningú, ni de quedar-me a casa, però continuava plovent i no podia sortir, així que em vaig passar una estona a la meva habitació, em sentia malalt i una mica deprimit. Al cap de gairebé una hora, tip de les quatre parets de l'habitació, i després d'assegurar-me que no hi havia ningú pels voltants, em vaig dirigir cuita-corrents a la biblioteca. Vaig estar uns minuts regirant entre els llibres, fins que vaig trobar un exemplar de *La guerra del mons*, de H. G. Wells; ja l'havia llegit, però es tractava d'una edició il·lustrada dels anys vint, molt curiosa, de manera que em vaig asseure en una cadira i vaig començar a fullejar-lo.

Però encara em feia mal el cap i no aconseguia concentrar-me. Al cap de poc, mentre els meus pensaments vagarejaven sense rumb fix, vaig apartar la mirada de les pàgines groguenques del llibre i la vaig centrar en el retrat de Beatriz Obregón.

Feia dies que no la recordava. Però era allí, amb la mirada trista i les Llàgrimes de Shiva resplendint al voltant del seu coll. Què li havia passat a aquella dona? Si la Violeta tenia raó, va provar de fugir d'Espanya amb el *Savanna* i la tripulació l'assassinà per robar-li les Llàgrimes. Però, què en va ser, del collar? Els pirates del *Savanna* de segur que el van vendre en algun lloc d'Amèrica o d'Europa, vaig suposar, o potser el van desmuntar, van fondre l'or i van vendre les maragdes i els diamants separadament. En qualsevol cas, les Llàgrimes de Shiva s'havien perdut per sempre.

Aleshores vaig recordar una cosa: diuen que l'aleteig d'una papallona a Tòquio pot, per un prodigiós efecte multiplicador, provocar un huracà a Florida. Doncs això mateix havia passat amb la desaparició del collar. En robar-lo, la Beatriz va causar l'enemistat entre la seva família i els Mendoza, la qual cosa va provocar la ruïna dels Obregón durant la Guerra Civil. I ara, tres dècades més tard, aquell robatori s'interposava entre la Rosa i en Gabriel...

Abstret en els meus pensaments, gairebé no em vaig adonar que la senyora Ramona entrava a la biblioteca i començava a treure la pols dels prestatges plens de llibres.

—Com anem, Javieret? —em preguntà.

—Millor, gràcies... —vaig contestar, amb la mirada fixa en el retrat de la Beatriz.

La senyora Ramona va fer un cop d'ull al quadre i va comentar:

—La senyoreta Beatriz era molt maca, oi?

La vaig mirar de reüll.

—Vostè sap qui és Beatriz Obregón? —vaig preguntar.

—És clar; va deixar plantat un Mendoza a l'altar i va robar un collar molt car, aquest que porta al quadre. Encara corren xafarderies sobre ella. A més, la senyora Amalia me'n sol parlar, de la senyoreta Beatriz. L'apreciava molt.

Em vaig fregar els ulls amb l'índex i el polze; encara em feia mal el cap... De sobte, vaig fer un bot. Què havia dit, l'assistenta?

—Què ha dit, Ramona?

—Com?

—M'estava dient que algú li ha parlat de Beatriz Obregón; qui?

—La senyora Amalia.

La senyora Amalia. Amalia. El mateix nom que va aparèixer escrit al baf del mirall. Em vaig aixecar bruscament; tant, que el llibre de Wells va caure al terra. La Ramona va parar de treure la pols i em va mirar amb estranyesa.

—Que et passa res, Javieret? Estàs com la cera...

—Qui és la senyora Amalia? —vaig preguntar.

—Doncs Amalia Bareyo. Va treballar de minyona en aquesta casa fa un munt d'anys. Però, què...?

—Un moment —la vaig interrompre—. Amalia Bareyo va conèixer Beatriz Obregón?

—Ja t'he dit que va treballar aquí; era la seva donzella...

—I vostè va conèixer l'Amalia?

—És clar; és veïna meva. Me la trobo moltes vegades al carrer, o a l'església.

Em vaig quedar amb els ulls com taronges.

—Vol... vol dir que encara viu? —vaig mussitar.

—I com una rosa, que està. Deu tenir gairebé noranta anys i encara es val per ella mateixa. Viu amb una filla seva, però baixa al mercat tota sola, i es fa el menjar, i més d'una vegada l'he enxampat bevent un vinet d'amagat al bar de la cantonada. Com una rosa, ja t'ho dic jo. Bé, és una mica sorda, i de vegades se li'n va el cap, però...

Vaig deixar de parar atenció. De sobte, la ressaca s'havia evaporat i em sentia flotant en un núvol.

—No es mogui d'aquí, senyora Ramona —vaig dir, interrompent el seu discurs sobre la bona salut d'Amalia Bareyo—. Faci la seva, però no se'n vagi abans que la Violeta i jo parlem amb vostè, eh? Esperi'ns, que torno de seguida...

Vaig sortir corrents de la biblioteca i vaig anar a la recerca de la Violeta. La vaig trobar a la torre, asseguda davant de la màquina d'escriure.

—Home —va comentar amb la cella arrugada en veure'm entrar—, però si és aquí el cosinet alcohòlic...

M'hi vaig apropar i vaig alçar l'índex de la mà dreta, just davant del seu nas.

—D'acord —vaig dir—. Vaig estar prenent unes cerveses amb el nòvio de la teva germana i em vaig passar de la ratlla. Ho sento. També sento molt haver parlat amb tanta brusquedat a la Rosa. Perdó, perdó, perdó i mil vegades perdó. Però, vols parar de renyarme d'una punyetera vegada? Des que he arribat a aquesta casa no has deixat d'esbroncar-me. Sembles la mare; ja n'hi ha prou, no?

La Violeta va parpellejar unes quantes vegades i va obrir la boca com si anés a dir alguna cosa, però la va tornar a tancar i se'm va quedar mirant, una mica confosa, suposo que pel meu sobtat accés de geni.

—I ara que això ha quedat clar —vaig continuar amb més calma—, escolta'm amb molta atenció, perquè t'explicaré una cosa increïble...

8. La vella donzella

Amalia Bareyo vivia en un barri humil situat als afores de Santander. Quan la senyora Ramona ens va donar la seva adreça, la Violeta i jo ens vam encaminar cap a casa de la vella minyona, un pis petit que compartia amb la seva filla.

La filla de la senyora Amalia, una vídua de seixanta anys i escaig d'edat anomenada Carmen, es va estranyar molt que volguéssim parlar amb la seva mare, però la Violeta li va dir que s'havia assabentat que la senyora Amalia havia treballat a Villa Candelaria a començaments de segle, i li volia preguntar coses dels Obregón d'aquella època. La Carmen va acceptar l'explicació i ens va portar fins a una petita sala d'estar; allí hi havia Amalia Bareyo, asseguda en un balancí al costat de la finestra, fent mitja amb unes mans sorprenentment fermes per a la seva edat.

Era una velleta menuda i magra, amb els cabells blancs recollits en una castanya i la cara plena d'arrugues. Vestia tota de negre i portava unes ulleres antigues, de muntura daurada, rere les quals es podien endevinar uns ulls negres i molt vius.

—Aquests joves volen parlar amb vostè, mare —li va dir la Carmen alçant la veu.

La senyora Amalia va deixar les agulles damunt la falda.

—Sou els meus néts? —ens preguntà amb veu greu i una mica trencada—. O els besnéts? En tinc tants que ja no en recordo les cares...

—No són de la família, mare. La noia és filla dels Obregón, els de Villa Candelaria, se'n recorda? Li vol preguntar sobre els anys de la seva joventut —la Carmen es va girar cap a nosaltres i va afegir en veu baixa—: Me'n vaig a la cuina. La mare és de tracte fàcil, però és molt gran i de vegades se li'n va una mica el cap. Si necessiteu res, crideu-me.

La senyora Amalia va observar com la seva filla sortia de la sala i després va clavar la mirada en la Violeta.

—Així que tu ets una Obregón, eh? —va murmurar.

Potser eren imaginacions meves, però em semblà que el seu to de veu s'havia endurit.

—Em dic Violeta —va assentir la meva cosina.

—Què dius? Parla més alt.

—Dic que sóc Violeta Obregón. Ell és el meu cosí Javier.

La vella ens va mirar alternativament, potser amb un punt de recel, i després va preguntar a la Violeta:

—Bé, què voleu?

—La senyora Ramona, la seva veïna, m'ha explicat que vostè treballava a Villa Candelaria fa setanta anys.

—Doncs, sí; és veritat. Vaig entrar a servir en aquella casa quan en tenia quinze, i m'hi vaig estar fins que en vaig fer vint-i-dos i em vaig casar amb el pobre Marcelo, que en pau descansi. I què?

—Vostè va conèixer el meu rebesavi Teodoro i els seus fill Ricardo i Beatriz. Com eren?

La senyora Amalia va mantenir un silenci prolongat i després, inesperadament, va proferir un riure cascat.

—Don Teodoro —va dir— no era bona persona, i la seva dona tampoc. Es creien més nobles que el duc d'Alba, però només eren uns ricassos creguts. Em tractaven com si fos una merda. Per un sou de misèria em tenien treballant tot el dia, com una esclava, i ni tan sols es molestaven a dirigir-me una paraula amable. L'alegria més gran de la meva vida va ser anar-me'n d'aquella casa.

—I els fills? —va preguntar la Violeta.

—El senyoret Ricardo era igual que el seu pare, o pitjor. La sort és que es casà jove i de seguida el vaig perdre de vista. Quin gomós que estava fet! Com diuen els meus néts: era un ganàpia —va riure entre dents—. Això mateix, un ganàpia.

—I la Beatriz? —vaig tercerejar jo.

La mirada de la senyora Amalia es va endolcir.

—La senyoreta Beatriz no s'assemblava gens a la seva família —va dir en veu baixa—. Era amable, atenta i molt senzilla. Parlava molt amb mi i em feia confidències, era una bona dona. Ella m'agradava; sembla mentida que fos una Obregón —va sospirar—. Però suposo que les flors més maques creixen en els femers...

—Vostè encara hi era, a Villa Candelaria, quan la Beatriz va desaparèixer, oi? —va voler saber la Violeta.

L'anciana va assentir amb un dèbil capcineig.

—Era la seva donzella —va dir en veu baixa—. També treballava a la cuina i netejava la casa, però servir a la senyoreta Beatriz m'agradava. Em vaig quedar molt sola quan se'n va anar.

—I per què se'n va anar?

La senyora Amalia va fer una ganyota que potser era un somriure burleta.

—La senyoreta Beatriz no s'avenia gaire amb la seva família; discutia molt amb Don Teodoro i amb prou feines es parlava amb el seu germà. I després va arribar allò del casament; el seu pare la volia obligar a casar-se amb Sebastián Mendoza. Quin individu! Era insuportable, un bufanúvols petulant. La senyoreta Beatriz el menyspreava, per això va tocar el dos. I va fer bé, què dimonis!

—I on va anar? —va preguntar la Violeta—. No li ho va explicar la Beatriz?

La velleta va moure el cap.

—No...

—Però vostè ens ha dit abans que ella li feia confidències, oi? Alguna cosa li va haver de dir...

—Doncs no em va explicar res, nena. Se'n va anar i ja està. Això és tot.

—I no li va parlar del *Savanna?*

—Què...?

—El *Savanna*, un vaixell mercant; el capità es deia Simón Cienfuegos. Pot ser que la Beatriz se n'anés de Santander amb aquest vaixell.

Fins aleshores, la senyora Amalia s'havia comportat amb molta lucidesa per a la seva avançada edat, però de sobte va semblar que s'encongia, es marcia, com si els seus gairebé noranta anys s'haguessin desplomat damunt seu.

—No sé res de cap vaixell... —va mussitar—. La senyoreta se'n va anar fa molt... Jo era tan jove, i ara sóc tan vella... —va girar la mirada cap a la finestra i va restar en silenci; tant que vaig arribar a pensar que s'havia oblidat de nosaltres, i en certa manera així era, perquè tot d'una ens mirà amb desconcert i va dir en veu molt baixa—: Vosaltres no sou els meus néts, oi?...

Després va deixar caure el cap, va tancar els ulls i es va quedar molt quieta, com adormida, tot i que rere les parpelles es percebia el titubeig nerviós de les pupil·les. Al cap de poc, la Violeta m'indicà amb un gest que ens n'anéssin, i això vam fer.

* * *

En acomiadar-nos de la filla de la senyora Amalia, ens vam dirigir a la parada de l'autobús. Plovia suaument, tot i que començaven a obrir-se clarianes al cel, senyal que el clima canviaria. La Violeta va restar en silenci durant tot el trajecte; estava tan abstreta en els seus pensaments, que jo també vaig estar callat. Finalment, quan vam arribar a la parada, es va girar cap a mi i em demanà:

—Bé, què et sembla?

—El què?

—Amalia Bareyo.

—Doncs que és molt vella i està feta pols. Ara bé, els teus avantpassats li queien malament.

La Violeta va arquejar les celles.

—Aquesta dona menteix —va dir, tan seriosa com un jutge dictant sentència.

—Per què?

—T'has fixat com ha reaccionat quan he esmentat el *Savanna?* Si arriba a estar asseguda, cau de cul. És clar que n'havia sentit a parlar, del vaixell i de Simón Cienfuegos. I quan s'ha posat a repapiejar fingia, n'estic segura. Ens ha mentit, Javier.

—I per què ens hauria de mentir?

—Perquè amaga alguna cosa.

—El què?

La meva cosina va arronsar les espatlles.

—No ho sé —va fer una pausa llarga i continuà—: Potser feia conxorxa amb el capità Cienfuegos. Imagina't que la Beatriz demana a la seva donzella que li busqui un passatge en un vaixell amb destinació a Amèrica. Aleshores, l'Amalia parla amb el capità Cienfuegos, li diu que la seva mestressa pensa fugir amb un collar caríssim i li proposa un pla: ella aconseguiria que la senyoreta embarqui en el *Savanna*, i el capità es desfaria d'ella a alta mar. Després, vendrien les Llàgrimes de Shiva i es repartirien els diners.

La vaig mirar amb escepticisme.

—No m'imagino aquesta dona planejant la mort de ningú —vaig objectar.

—Ara no, perquè és més vella que Matusalem; però, i quan tenia disset anys? Ja has sentit com parlava de la meva família; és una ressentida. De segur que escopia a la sopa quan la servia a taula.

Vaig moure el cap.

—Ja t'has muntat una de les teves pel·lícules —vaig dir.

En aquell precís moment va arribar l'autobús. La Violeta em contemplà en silenci, molt seriosa; després, abans de pujar al vehicle, em va assenyalar amb un dit i va dir:

—Aquí hi ha gat amagat, n'estic segura. Així que, quan arribem a casa, tornarem al traster.

No em va preguntar la meva opinió sobre això, però així era la meva cosina. Pel que fa a mi, malgrat els mals d'esquena i els cruiximents que m'esperaven, no vaig protestar.

En el fons, jo també pensava que Amalia Bareyo havia mentit.

* * *

Vam reprendre l'exploració de les golfes aquella mateixa tarda. Havíem format un corredor traient embalums del centre del traster i ja solament ens faltaven dos o tres metres per arribar al fons, així que vam estar treballant fins al capvespre i vam continuar l'endemà al matí. Amb prou feines parlàvem.

Divendres, just el primer d'agost, la Violeta i jo vam ensopegar amb un problema seriós en forma d'armari de tres cossos. S'interposava en el nostre avanç i no tan sols era molt gran i molt pesant, sinó que a més estava encastat entre la resta de trastos, de manera que resultava gairebé impossible moure'l.

Vam trigar quasi dues hores a desplaçar el moble a un costat, i el gran esforç que vam fer per a aconseguir-ho va deixar molt clar que nosaltres sols mai no arribaríem a apartar-lo d'on era. La Violeta es va deixar caure sobre una caixa i va deixar caure els colzes en els genolls; semblava esgotada i jo crec que, per primera vegada, una mica desmoralitzada.

L'armari era bonic, de fusta pintada de verd amb motllures daurades, i tot i que estava cobert de pols, semblava que era en perfecte estat. Per què l'haurien posat a les golfes? M'hi vaig apropar i vaig obrir les tres portes; era buit, tret d'una revista que vaig trobar en un dels calaixos. Es deia *La moda elegante* i la devien d'haver emprat per folrar el fons del calaix, perquè hi faltaven molts fulls. Tanmateix, conservava intacta la data de publicació.

—Aquesta revista és de 1899 —vaig assenyalar.

—I què? —va replicar la Violeta en to desanimat.

—Doncs que era allí dintre. Suposo que això significa que l'armari és de l'època de la Beatriz, no?

La meva cosina alçà el cap i va mirar el moble amb un interès sobtat. Després, va mirar al voltant i, tot d'una, es va posar dreta.

—Fixa-t'hi —va exclamar—. Allí hi ha un tocador a joc amb l'armari i el capçal d'un llit, i una calaixera... És una habitació!

Tenia raó; davant nostre, envoltat de trastos que no servien per res, hi havia el mobiliari, complet i en perfectes condicions, d'una antiga habitació. Ens vam mirar de fit a fit, sense dir res, ja que les conclusions d'aquella troballa eren evidents. Per què algú es desfaria d'uns mobles tan cars, bonics i en bon estat? Potser perquè li portaven mals records. Pot ser que els pares de la Beatriz, avergonyits per la fugida de la seva filla, decidiren apartar de la seva vista qualsevol rastre d'ella, raó per la qual van amagar a les golfes tot el que havia deixat a casa.

De totes maneres, potser aquella va ser l'habitació de la Beatriz...

La Violeta va ser la primera a reaccionar. Va regirar l'armari a corre-cuita i començà a examinar els mobles.

—Mira! —exclamà—. Darrere d'aquest escriptori hi ha un bagul! Va, ajuda'm...

M'hi vaig acostar i plegats vam apartar l'escriptori, en realitat un petit buró de fusta fosca. La meva cosina tenia raó: al darrere hi havia un vell bagul. El vam treure a empentes d'on era i ens vam inclinar per veure'l millor. Damunt el pany, en una plaqueta de metall, hi havia gravades unes inicials. Una B i una O.

—Beatriz Obregón... —vaig mussitar.

Vam provar d'obrir-lo, però estava tancat amb clau, de manera que vaig agafar un tornavís i, fent palanca, vaig forçar el pany. Després, lentament, com si fos el cofre d'un tresor, la Violeta va obrir la tapa del bagul i finalment vam poder veure el que hi havia a l'interior.

Contenia dos jocs de llençols, una vànova, tovalloles, fundes per a coixins, cobretaules, mocadors brodats... En resum, l'aixovar complet per a un casament.

També hi havia un vel, i un vestit blanc, el mateix vestit que la Beatriz portava quan li van pintar el retrat.

—Així que la Beatriz va vestida de núvia en el quadre —vaig comentar—. No me n'havia adonat...

La Violeta va treure el vestit i el va desplegar davant seu.

—És com nou —va observar—. És clar, com que ningú l'ha portat mai...

Tret de l'aixovar i del vestit, no hi havia res més al bagul. La Violeta i jo vam començar a regirar la resta de mobles de l'habitació, però tampoc no vam trobar res al tocador, ni a la calaixera, ni a la tauleta de nit. No sé del cert què esperàvem trobar, però allí només hi havia mobles vells i pols. La Violeta va passejar la mirada pel voltant, com si busqués alguna cosa que li hagués passat per alt, i de sobte la va fixar en el buró que havíem apartat per treure el bagul.

—L'escriptori! —va exclamar.

—No fa joc amb la resta de mobles —vaig objectar.

—Perquè, a les alcoves, no hi sol haver escriptoris. Però potser la Beatriz en tenia un...

Bé, no perdríem res de comprovar-ho. El petit buró, que també estava en bon estat, era de roure fosc i es tancava amb una persiana de varilles. Tenia cinc calaixos; un de gran, central, i dos de més petits a cada costat. Els vam revisar tots, però no hi vam descobrir res.

La Violeta va respirar fondo i va deixar escapar l'aire lentament. Un altre cop semblava desmoralitzada.

—En fi —va dir amb desànim—, s'ha acabat. Aquí no hi ha res. Va, som-hi; demà posarem tots aquests trastos al seu lloc.

Va començar a caminar cap a la sortida, però jo em vaig quedar quiet, amb la mirada fixa en el buró, perquè de sobte havia recordat una cosa.

—Espera un moment —vaig dir.

La meva cosina es va aturar.

—Què passa?

—En José Mari, un amic meu, té a casa seva un escriptori molt semblant a aquest.

—I què?

—Doncs que a l'escriptori del meu amic hi ha un compartiment ocult.

Em vaig acostar al buró i vaig treure els dos calaixos petits de l'esquerra, però no hi vaig trobar res. Vaig provar en el de sota i, amb el tou dels dits, vaig notar una motllura al fons. La vaig estrènyer, va sonar un clic i tot d'una, impulsat per una molla, va saltar cap endavant un calaix petit.

La Violeta i jo ens vam inclinar alhora per veure millor aquell inesperat compartiment ocult. A l'interior hi havia un sobre doblegat per la meitat. El vaig agafar amb molta cura, com si temés que se m'anés a desfer entre els dits, i el vaig desplegar.

Era una carta adreçada a Beatriz Obregón.

I l'havia escrit Simón Cienfuegos, el capità del *Savanna*.

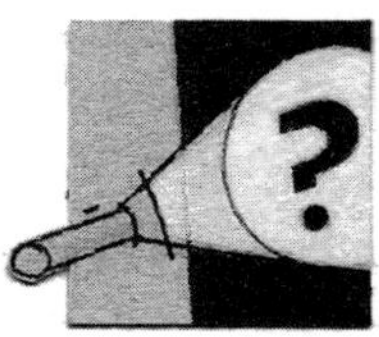

9. La carta

El sobre estava segellat als Estats Units i contenia dos fulls de paper plegats. Un d'ells havia estat redactat amb la lletra irregular i maldestra pròpia d'algú poc habituat a escriure, i anava signat per Simón Cienfuegos; l'altre mostrava l'esmerada cal·ligrafia, traçada amb tinta verda, de Beatriz Obregón.

Quan vaig desplegar la carta d'en Cienfuegos, la Violeta i jo vam unir els nostres caps per llegir-la alhora, allí, a les golfes, sota la llum groguenca d'una bombeta que penjava del sostre. La missiva estava datada el vint-i-dos de març de 1901 i deia:

Estimada Beatriz,

T'escric aquestes línies en recalar a Nova Orleans, després de travessar el golf de Mèxic des de Veracruz. La tripulació i jo hem passat tres mesos fondejant en diferents ports del Carib, a Veneçuela, Colòmbia, Panamà, Costa Rica i Nicaragua, abans de dirigir-nos als Estats Units; però, com que tan sols em refio del servei de correu ianqui, he esperat a arribar a aquestes costes per escriure't.

No et puc explicar gaire cosa sobre mi, ja que res digne de menció ha passat des que ens vam separar. Onofre, un dels meus mariners, es va trencar una cama i tres costelles en caure del trinquet, i el vam haver de deixar a l'hospital de Cartagena de Indias. Un mes després, una tempesta molt forta ens va sorprendre entre Cuba i Cozumel, però el Savanna és un bon vaixell i vam sortir sans i estalvis d'aquest tràngol. Pel que fa a la resta, tot ha estat comprar i vendre mercaderies, com sempre.

Però no és d'això del que et vull parlar, sinó dels meus sentiments, i ignoro com fer-ho. No sóc home instruït, bé que ho saps, i em veig incapaç de trobar les belles paraules que tu mereixes sentir, de manera que em conformaré a dir-te planament el que sento.

Cada dia, quan estic treballant a coberta, o descansant al meu camarot, penso en tu. A les nits, durant el meu torn de guàrdia, mentre el Savanna solca les aigües sota els estels, penso en tu. I també penso en tu quan, després d'una jornada dura de feina, me'n vaig al llit. I en adormir-me, és en tu en qui somio i, en despertar, el meu primer pensament està dedicat a tu. Moltes vegades, em sembla sentir l'aroma de nards del teu perfum, i em giro per buscar-te, però tu no hi ets. I quan recalem en algun port, no puc evitar veure la teva imatge en totes les dones amb qui em creuo, però cap no ets tu. No et puc treure del cap, i tampoc mai no he estimat ningú com t'estimo a tu.

I per això no et vull obligar a fer una cosa de la

qual més tard et podries penedir. En la nostra última trobada, mentre ens acomiadàvem al port, et vaig demanar que, quan tornés a Espanya en el meu proper viatge, ho deixessis tot i vinguessis amb mi. Em vas dir que sí, i jo em vaig sentir l'home més cofoi del món. Però després, al llarg dels mesos passats, m'he adonat que estava sent injust amb tu.

No tinc res per oferir-te, tret de la vida dura i atzarosa d'un mariner. No tinc fortuna, i no posseeixo altres béns que el Savanna. No pertanyo a la teva classe, no tinc educació i ni tan sols la meva pell és com la teva, perquè sóc fill bastard i mestís d'una esclava negra. Pensa-t'ho, Beatriz, pensa-t'ho molt bé, perquè tu et mereixes molt més del que jo et puc donar. Si decidissis canviar d'idea, si em diguessis que ja no vols venir amb mi, jo ho entendria. Per molt que ho sentís, ho comprendria i seria feliç sabent que tu ho ets, encara que fos lluny de mi.

Quan el Savanna abandoni el port de Nova Orleans, ens dirigirem a Miami, a Santiago de Cuba i a Kingston; després, creuarem l'oceà i, després de recalar un parell de dies a Plymouth, posarem rumb a Santander. Si tot va bé, arribarem a les darreries de la primavera.

Pensa en el que t'he dit, Beatriz, i quan tornem a trobar-nos dóna'm una resposta. Tingues present que, decideixis el que decideixis, sempre t'estimaré. Amb tot el meu amor,

Simón Cienfuegos

Quan vam acabar de llegir la carta, la Violeta i jo ens vam mirar en silenci; de sobte, la història de Beatriz Obregón havia fet un gir inesperat i no sabíem què pensar ni què dir. La Violeta va agafar el segon full del sobre i un altre cop els nostres caps es van ajuntar per llegir el que la Beatriz havia escrit feia seixanta-vuit anys.

El meu benvolgut, el meu estimat Simón,

Sé que mai no llegiràs aquesta carta, ja que no tinc manera de fer-te-la arribar; tot i això, m'he decidit a escriure't, ja que mentre ho faig m'envaeix la il·lusió d'estar parlant amb tu. I t'enyoro tant, amor meu, et trobo tant a faltar...

En rebre la teva carta, em vaig posar tan contenta que em pensava que el cor em saltava del pit; però després, quan la vaig llegir, em vaig sentir molt trista. Com pots dubtar de mi? Com pots pensar que jo canviaria de parer sobre el que et vaig dir aquell matí al port? Em vaig enfadar una mica amb tu, Simón, ho reconec. Però després vaig comprendre que l'únic que pretens és el meu benestar i, en adonar-me que series capaç de renunciar

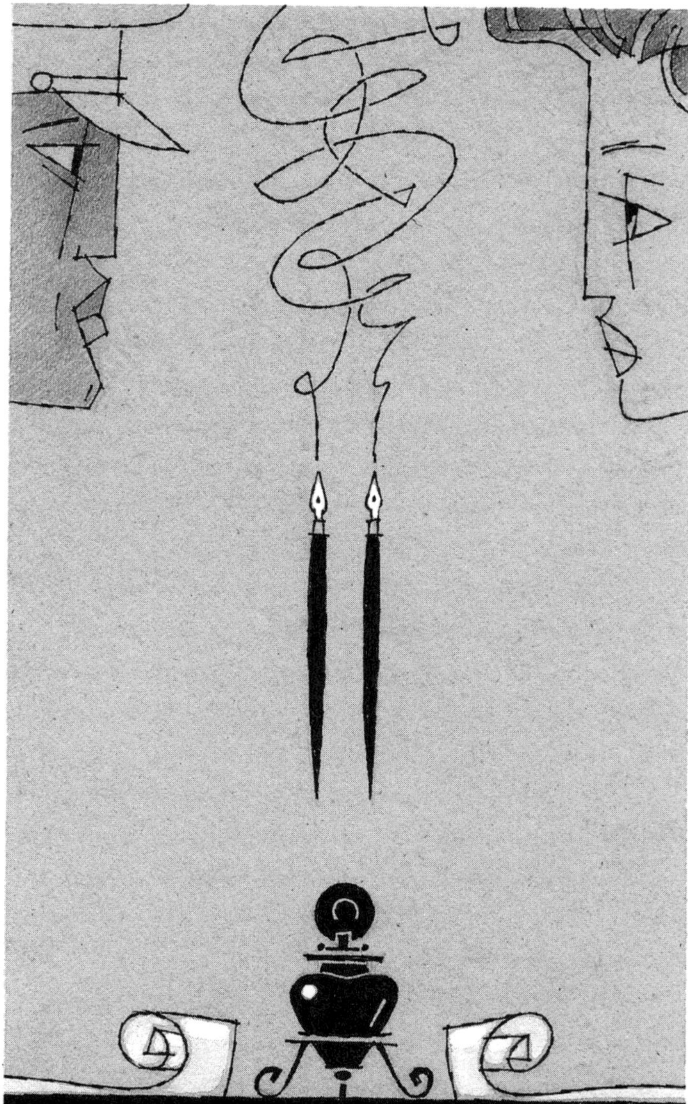

a mi si això contribuís a la meva felicitat, et vaig estimar més que mai.

Però, és que no t'adones que solament puc ser feliç al teu costat?

Dius en la carta que no pertanys a la meva classe, i jo dono gràcies a Déu perquè és així, ja que no saps com menystinc els que tu en dius de la meva classe.

Dius que no tens educació, però jo sé molt bé que, entre els de la meva classe, l'educació es confon sovint amb el fingiment i l'aparença. En canvi, tu ets la persona més autèntica, noble i sàvia que he conegut.

Dius que no tens res per a oferir-me, que no tens fortuna i béns, però això no és cert. Tu vius al mar, i no hi ha cap home en el món que posseeixi un palau més gran i bonic.

Dius que la teva pell no és com la meva, però jo adoro cada porus d'aquesta pell, cada pam del teu cos tallat en banús. Ets fosc i embriagador, Simón, com les nits del tròpic.

I encara em preguntes si vull anar-me'n amb tu? És clar que sí, amor meu, i ara mateix si pogués.

Però vine aviat a buscar-me, Simón,

afanya't. El meu pare ja ha fixat la data del casament i el deu de juny m'hauré de casar amb Sebastián Mendoza. Tinc calfreds tan sols de pensar-ho.

En la carta afirmes que tornaràs a Santander a les darreries de la primavera. He demanat a la meva donzella Amalia que vagi tots els dies al port per comprovar si el Savanna ha arribat. Tu ja coneixes la petita Amalia: és fidel i discreta, i totes dues ens professem un afecte sincer. Cada capvespre, quan torna dels molls, espero impacient que em porti notícies teves, però això encara no ha passat.

Afanya't a tornar, amor meu, afanya't moltíssim...

La meva cosina i jo ens vam tornar a mirar en silenci. Al cap de poc, la Violeta va sospirar, va agafar les dues cartes i va sortir a la terrassa. Vaig anar darrere seu; en creuar la porta de les golfes, vaig notar una ratxa de vent a la cara i vaig alçar la mirada al cel. La brisa arrossegava cap a l'Oest els darrers núvols de la tempesta. Es feia fosc.

—Bé —vaig dir—; finalment no era una novel·la de crims, sinó d'amor.

—Això sembla —contestà la Violeta amb la mirada perduda en la llunyana curvatura del mar; el vent li regirava els cabells—. Millor —va afegir—. La història és més maca així.

—Tot i que la teva avantpassada era una mica cursi...

La Violeta va somriure.

—Estava enamorada, i la gent es torna cursi quan s'enamora.

Va haver-hi un llarg silenci.

—En fi, sembla que aquí s'acaba tot, oi? —vaig comentar—. La Beatriz va robar les Llàgrimes de Shiva i va fugir cap a Amèrica amb Simón Cienfuegos. Suposo que després van vendre el collar i van ser feliços i van menjar anissos.

La Violeta va moure el cap.

—No, Javier, això encara no ha acabat. Amalia Bareyo ens va dir que mai no havia sentit a parlar del *Savanna* i que no coneixia el capità Cienfuegos —va alçar la carta de la Beatriz—. Però aquí diu tot el contrari.

—És veritat —vaig assentir—, l'àvia va mentir. Però, què importa?; ja sabem el que va passar, no?

Pensativa, la Violeta va introduir les dues cartes en el sobre i se'l va amagar a la butxaca del darrere dels texans.

—Només sabem que la Beatriz va fugir amb el capità Cienfuegos —va dir—. Però, com es van conèixer, i com van arribar a enamorar-se? Això tan sols ens ho pot explicar la senyora Amalia.

* * *

L'endemà, a mig matí, ens vam presentar de nou a casa d'Amalia Bareyo, però la vella no hi era. La senyora Carmen ens va dir que la seva mare havia anat a comprar, de manera que ens vam dirigir cap a un mercat que hi havia a la vora, però tampoc no la hi vam trobar. Aleshores vaig recordar que, segons la Ramona, la senyora Amalia solia sovintejar una tasca del costat de casa seva, així que la vam començar a buscar pels bars del barri.

La vam trobar en el tercer que vam entrar. Estava asseguda en una taula, mirant a través del finestral la gent que passava pel carrer, i fent traguets d'un got de vi mentre la mà esquerra li reposava damunt el puny del bastó. Quan ens hi vam acostar, la senyora Amalia ens va contemplar amb una barreja de sorpresa i enuig.

—Un altre cop vosaltres? —va grunyir—. I ara què voleu?

Sense esperar que l'anciana ens convidés a fer-ho, la Violeta es va asseure a la taula i amb un senyal em va indicar que m'assegués al seu costat.

—Volem que ens parli de Beatriz Obregón —va dir a l'Amalia.

—Ja us en vaig parlar l'altre dia. Què nassos voleu que us expliqui ara?

—La veritat.

La Violeta va treure de la butxaca el sobre que vam trobar a l'escriptori i el va posar damunt de la taula. La senyora Amalia el va contemplar amb la cella arrugada.

—Què és això? —va preguntar.

—Una carta del capità Simón Cienfuegos adreçada a Beatriz Obregón. Era a les golfes de Villa Candelaria.

La velleta es va quedar mirant el sobre durant una estona, en silenci; després, va fer un trago al got de vi i, com si aquell tros de paper li hagués portat bons records, va somriure.

—La senyoreta Beatriz em va llegir aquesta carta centenars de vegades —va dir en veu baixa—, i a mi m'agradava sentir-la. Jo era una nena en aquella època, i encara m'enlluernava amb aquelles ximpleries romàntiques.

—Aleshores, vostè sí que coneixia el capità Cienfuegos.

—És clar que el coneixia.

—I per què ens va mentir?

La cara de la senyora Amalia va recuperar l'adusta expressió habitual.

—Perquè ets una Obregón, nena —va contestar—. I a mi no m'agraden els Obregón.

—La meva família ha canviat molt des que vostè va treballar a Villa Candelaria —va dir amb suavitat—. Si vol, ho pot preguntar a la senyora Ramona, la seva veïna. Ara ens assemblem més a la Beatriz que al seu pare.

—La mala sang s'hereta —va replicar amb agror l'anciana.

—Bé, faci la prova. Per què no ens explica com es van conèixer la Beatriz i Simón Cienfuegos?

La senyora Amalia va dubtar uns instants i va deixar anar un sospir dèbil. Després de fer un altre trago, va començar a parlar.

—La senyoreta Beatriz solia passejar pel port i jo l'acompanyava, encara que em feien una mica de por els molls, perquè allí hi havia molts homes i no tots eren de fiar. Però a la senyoreta li agradaven els vaixells; s'imaginava d'on venien i on anaven, i feia plans fantasiosos sobre els països que, algun dia, pensava visitar —va fer una pausa—. Crec que va ser durant la primavera de 1899 quan va passar. Una tarda, ens vam quedar al port més temps de l'habitual. Quan es va començar a fer fosc, ens vam dirigir cap a casa, però aleshores ens van tallar el pas tres mariners. Estaven borratxos i portaven males intencions; al començament es van conformar a dir-nos grolleries, però després van començar a forcejar amb nosaltres. A mi em van estripar el vestit; vaig pensar que abusarien de nosaltres allí mateix...

La vella va emmudir i va extraviar la mirada, com si la seva ment s'hagués encallat en algun escull de la memòria.

—I què va passar? —s'interessà la Violeta.

—Que de sobte, jo diria que atret pels nostres crits, va aparèixer el capità Cienfuegos. Venia sol, però es va enfrontar sense dubtar-ho un moment a aquells mariners; a dos els va tombar a cops de puny, i el tercer va sortir corrents com ànima en pena que porta el diable. Després, el capità ens va conduir al Savanna per curarnos les rascades que aquells salvatges ens havien fet. Així es van conèixer la senyoreta i Simón Cienfuegos.

—I quan es van enamorar?

La senyora Amalia va proferir un riure cascat.

—La senyoreta Beatriz se'n va enamorar en veure'l. I jo també, què dimonis, encara que solament era una nena —la seva mirada es va tornar somiadora—.

El capità Cienfuegos era alt i fort, amb les espatlles amples i la pell de color bronze. Tenia els cabells arrissats i els ulls grossos, tan negres com la nit; a més, era tot un cavaller, l'home més amable i atent que he conegut —va sospirar—. El capità venia a Santander dos o tres cops per any, cada cop que tornava es veia amb la senyoreta Beatriz. Això va durar un parell d'anys, però des del començament van ser com el foc i l'esca; estaven destinats l'un a l'altre. Després, se'n van anar junts i mai no vaig tornar a veure'ls.

—Com va ser? —va preguntar la Violeta—. Com van fugir?

L'anciana va tornar a sospirar.

—Els pares de la senyoreta Beatriz i els de Sebastián Mendoza van fixar la data del casament per als primers dies de juny. La senyoreta estava desesperada, i em demanà que anés tots els dies al port per esperar l'arribada del Savanna. Però no el *Savanna* no venia, i la senyoreta es marcia com una flor —va fer una llarga pausa i va prosseguir—: Finalment, el capità Cienfuegos va tornar a Santander el dia abans del casament. Jo mateixa vaig ajudar la senyoreta a fer l'equipatge i plegades, com unes lladres de nit, vam sortir de Villa Candelaria camí dels molls. Després, la senyoreta es va reunir amb el capità, van pujar al *Savanna* i se'n van anar per sempre. Això és tot, ja no queda res més per contar.

—I el collar? —vaig preguntar.

La senyora Amalia em va mirar amb estranyesa.

—Quin collar?

—Les Llàgrimes de Shiva, el regal de compromís que va fer Sebastián Mendoza a la Beatriz.

—Ah, aquell collar... Sí, va haver-hi un gran renou quan va desaparèixer.

—Se'l va endur la Beatriz?

La velleta va arronsar les espatlles.

—Què sé jo; la senyoreta Beatriz no me'n va dir res. Però si se'l va endur, va fer bé. Al cap i a la fi era seu, oi? L'hi havia regalat —la senyora Amalia va escurar el got de vi d'un glop i es va posar dreta treballosament—. Bé, ja n'hi ha prou de xerrameca —va dir—; he d'anar a comprar.

—Un moment —la va retenir la Violeta—. És vostè la qui porta les flors a la tomba de la Beatriz, oi?

—Sí... —va contestar dèbilment.

—I per què ho fa? La Beatriz no hi és, en aquesta tomba.

La senyora Amalia va moure el cap, com si volgués amagar el rostre, però em va semblar entreveure un titubeig vidriós de llàgrimes en la seva mirada.

—Fa molts anys —va dir en veu molt fluixa—, crec que el 49, o el 50, vaig rebre una carta del capità Cienfuegos. Era molt curta; el capità tan sols em volia dir que la senyoreta Beatriz havia mort a Jamaica d'unes febres dolentes —es va empassar saliva—. La vaig plorar molt —va mussitar mentre ranquejava, allunyant-se de nosaltres repenjada en el bastó; i va afegir—: I encara la ploro...

10. L'aroma dels nards

Aquella conversa amb Amalia Bareyo va suposar la fi de les nostres perquisicions. Beatriz Obregón, la jove aristòcrata, i Simón Cienfuegos, el mariner fill d'una esclava, es van conèixer per atzar, es van enamorar i, finalment, van fugir junts a Amèrica. No hi va haver crims, ni robatoris misteriosos; només una simple història d'amor.

Durant els dies següents, la Violeta i jo vam anar sovint a la platja. De vegades, mentre estàvem ajaguts a la sorra, parlàvem de la Beatriz, ens preguntàvem com devien haver estat els gairebé cinquanta anys que va viure a Jamaica al costat del capità Cienfuegos; però, en general, ens mostràvem més aviat taciturns, com si el final de la nostra petita investigació ens hagués sumit en la malenconia.

El bon temps havia tornat, feia calor i el sol lluïa radiant en el cel; amb l'arribada de l'agost, la ciutat es va omplir de turistes i de soroll. Tanmateix, la Violeta i jo ens sentíem aliens a l'alegria que ens envoltava.

D'una banda, es devia a l'ambient enrarit que regnava a Villa Candelaria; pot ser que a l'exterior hagués deixat de ploure, però a dins de casa encara tronava la tempesta.

No obstant això, hi havia alguna cosa més, hi havia un altre motiu per a aquella sensació de buit que, com a hoste indesitjat, semblava que se m'havia instal·lat a l'estómac. Abans he dit que tot havia acabat, però, realment era així? És que el fantasma de la Beatriz havia estat jugant a fet i amagar amb nosaltres només perquè ens assabentéssim de la seva història d'amor? Tant esforç d'ultratumba per un motiu tan ximple? No, jo intuïa que hi faltava alguna cosa, que el trencaclosques no era complet, i això em posava més nerviós.

I més nerviós em vaig posar quan vaig començar a percebre un fantasmal perfum de nards a tot arreu i a totes hores.

* * *

Al començament passava de manera esporàdica. Una tarda, mentre era sol a la sala escoltant la ràdio, vaig notar que feia una olor dèbil de nards. Un calfred em va recórrer l'esquena i em vaig posar en tensió, tot esperant que passés alguna cosa; però no va passar res; i el mateix es va esdevenir l'endemà, al menjador, i a la cuina, i a la sala, cada vegada més sovint, fins que tres dies més tard, el perfum va envair la casa sencera.

Recordo que ho vaig comentar a la Violeta, però ella, en alçar el nas i flairar l'aire, es va limitar a dir:

—Jo no sento res.

—Però, què dius? —vaig exclamar, irritat—. Fa olor de nards, maleït sigui. Porto tot el punyeter dia sentint aquest perfum.

La meva cosina em mirà amb estranyesa, sorpresa potser per la meva sobtada arrencada de mal humor.

—No fa olor de res, Javier —va insistir—; és la teva imaginació. Em sembla que estàs obsessionat amb la història de la Beatriz; te l'hauries de treure del cap.

Però jo no n'estava, d'obsessionat, ni m'imaginava res. Feia olor de nards, a totes hores, i allò m'estava destrossant els nervis. Finalment, el diumenge de la segona setmana d'agost, no vaig poder més i vaig explotar. Devien ser dos quarts de dotze de la nit. Era al llit, provant de llegir una novel·la, però no aconseguia concentrar-me, ja que l'aroma era en aquell moment particularment intensa. Tip de llegir una vegada i una altra la mateixa línia sense assabentar-me de res, vaig tancar el llibre de cop i el vaig deixar damunt la tauleta de nit. Després, em vaig asseure al llit i vaig exclamar:

—Bé, què vols?

Com era d'esperar, ningú no em contestà.

—No vols res? Aleshores, per què nassos m'estàs marejant tot el dia amb aquest maleït perfum?

Silenci. Potser va ser la meva imaginació, però em semblà que l'olor de nards s'incrementà.

—Què dimonis vols que faci? —vaig insistir—. Espiritisme? Et poso una espelma? Sacrifico una gallina en honor teu...?

Un clàxon va sonar en la llunyania. Després, el lladruc d'un gos.

—D'acord —vaig continuar, fent un gest envolupant amb les mans—. Et convido a venir. Mou els llibres, escriu missatges als miralls, el que vulguis, però fes alguna cosa d'una vegada.

Va transcórrer un llarg minut, però els llibres no es van moure del seu lloc, ni va haver-hi missatges misteriosos, ni va passar res de res. Vaig exhalar una glopada d'aire i vaig apagar el llum de la tauleta d'un cop de mà.

—Et molesta la llum? Doncs ja no hi ha llum. Vinga, sigues un bon fantasma. No ets una aparició? Doncs, apareix, maleït sigui!

Em vaig estar una bona estona despert en la penombra de l'habitació, esperant que passés alguna cosa, però no va passar res i de mica en mica, sense adonar-me'n, em vaig quedar adormit.

Unes hores després, ja ben entrada la matinada, em vaig despertar de cop, sobtadament espavilat, amb la certesa absoluta que hi havia algú a la meva habitació.

* * *

Vaig obrir els ulls. El perfum era tan intens que m'ofegava, com si tots els nards del món s'haguessin concentrat entre les quatre parets de la meva habitació. La llum de la Lluna es filtrava a través de les cortinetes, difuminant les tenebres amb una claredat lletosa. Vaig alçar el cap i vaig passejar lentament la mirada per l'habitació. Al començament vaig pensar que no hi havia ningú, que aquella intuïció d'una presència propera era tan sols el fruit d'un malson.

Però aleshores la vaig veure.

Hi havia una dona als peus del meu llit, mirant-me.

Em vaig incorporar bruscament, amb el cor desbocat, i vaig retrocedir fins que la meva esquena va topar amb el capçal del llit. Vaig provar de dir alguna cosa, potser cridar, però un nus em tancava el coll i no vaig poder fer altra cosa que quedar-me observant aquella dona, si és que allò era una dona.

En realitat, semblava l'ombra d'una dona; tot i que no del tot, ja que els trets del seu rostre estaven marcats per una lleu fosforescència, igual que el contorn del cos. Després de superar un primer instant de terror cec, vaig adonar-me que la dona duia un vestit blanc, el mateix vestit de núvia que la Beatriz duia quan li van pintar el retrat.

I així va ser com vaig comprendre que tenia al davant el fantasma de la Beatriz Obregón. Vaig notar que el borrissol se m'erissava, alhora que una successió ràpida de calfreds em recorria el cos com un corrent elèctric, i vaig sentir un pànic tan immens que em va deixar paralitzat, igual que un ratolí davant la hipnòtica mirada d'una serp. Però aleshores, l'esperit de la Beatriz va corbar els llavis dibuixant un somriure dolç i, de sobte, la por que m'estrenyia el cor va deixar de fer-ho, i una insòlita sensació de calma va aparèixer. Vaig empassar saliva i em vaig asseure al llit.

—Què vols...? —vaig preguntar en veu baixa.

L'aparició va alçar lentament una mà i em va indicar que la seguís. Vaig dubtar uns segons (no tenia gens de ganes d'anar darrere d'un fantasma enmig de la nit), però, gairebé sense adonar-me del que feia, em vaig posar dret i vaig seguir-la.

Vam sortir de l'habitació i vam travessar el distribuïdor en direcció a l'escala. La Beatriz, uns passos davant meu, es desplaçava amb suavitat, com si lliqués pel terra, sense fer soroll en caminar. La casa estava sumida en la foscor; tanmateix, per algun prodigi estrany, jo podia veure tot el que m'envoltava, com si les parets projectessin una tènue resplendor. L'aroma de nards era asfixiant.

Seguint la Beatriz, vaig començar a pujar els esglaons que conduïen a la planta superior; vam creuar la terrassa i vam entrar a les golfes. L'espectral figura de la dona va avançar al llarg del traster, fins que es va aturar a la vora de l'escriptori on havíem trobat la carta.

De sobte, va assenyalar el calaix inferior dret i va escriure una cosa amb el dit damunt la pols que cobria la superfície del buró. Tot seguit, va tornar a assenyalar el calaix i després se'm va quedar mirant fixament. Jo amb prou feines podia distingir el seu rostre, però a través de les ombres que el velaven em va semblar entreveure una expressió anhelant, com si aquella aparició m'estigués demanat un gran favor.

Aleshores vaig parpellejar. Va ser tan sols això, un parpelleig que només va durar una dècima de segon, però quan vaig tornar a obrir els ulls, la Beatriz ja no hi era. Ni tan sols feia olor de nards.

Em vaig estar no sé quant de temps dret enmig de les golfes, immòbil, confós i desconcertat. Les parets ja no fosforejaven, així que estava sumit en la foscor. Quan vaig aconseguir reaccionar, em vaig dirigir cap a l'entrada i vaig prémer l'interruptor de la llum. La resplendor de la bombeta m'obligà a fer l'ullet i a parpellejar fins que les pupil·les se'm van acostumar a la claredat.

Em vaig acostar una altra vegada a l'escriptori. A la part superior hi havia una paraula traçada sobre la pols: *Amalia.* Una altra vegada la vella donzella, vaig pensar; per què havia tornat a escriure la Beatriz aquell nom? Vaig obrir el calaix assenyalat pel fantasma. Era buit; això, però, ja ho sabia perquè la Violeta i jo el vam revisar la primera vegada. De sobte, vaig tenir una idea: i si hi hagués un altre compartiment secret...?

Vaig treure el calaix del tot, hi vaig introduir la mà pel forat i vaig palpar el fons. Premi, jo tenia raó: hi havia una motllura, en realitat era una clavilla. La vaig estrènyer i una molla va impulsar cap endavant el segon calaix ocult. Contenint la respiració, em vaig inclinar per veure què hi havia a dins.

Però allí no hi havia absolutament res.

* * *

El despertador marcava tres quarts de sis de la matinada quan vaig tornar a la meva habitació. Sabia que no aconseguiria adormir-me de nou, així que ni tan sols ho vaig provar i em vaig quedar estirat damunt del llit amb la mirada perduda en el sostre, pensant.

Em sentia molt confós; el fantasma de la Beatriz havia escrit el nom d'Amalia i havia assenyalat el segon calaix amagat, com si entre totes dues coses hi hagués una relació. Però el compartiment secret era buit. Què significava tot allò? Vaig passar molta estona donant-hi voltes a aquell enigma. L'alba em va sorprendre embrancat en les meves reflexions.

La senyora Amalia i un calaix buit, aquests eren els dos elements que jo havia d'unir. Un calaix buit, un compartiment on no hi havia res.

Res. Zero.

Zero...?

De sobte, vaig recordar una cosa que ens havia explicat a classe el professor de matemàtiques. Segons ens va dir, el zero va ser la darrera xifra a aparèixer. El van inventar els matemàtics indis cap al segle V de la nostra era, i després els àrabs van exportar la idea a la resta del món. Pel que es veu, les matemàtiques no es van poder desenvolupar plenament fins a la invenció del zero, perquè el zero suposava l'adopció d'un principi tan senzill com important: l'absència d'alguna cosa ja és alguna cosa.

El no-res tenia un significat, vaig pensar. Però, què significava un calaix buit?

Em començava a fer mal el cap; no obstant això, tenia el pressentiment que estava a punt d'arribar a algun lloc, així que em vaig obligar a continuar pensant. Per què podia estar buit un calaix?, em vaig preguntar. Doncs perquè mai no hi ha hagut res; o bé perquè hi ha hagut alguna cosa, però algú l'ha agafada...

Vaig exhalar una glopada d'aire i em vaig incorporar bruscament. És clar, era això! Com podia haver estat tan cec, com podia haver trigat tant a comprendre el que la Beatriz em volia dir?

Vaig mirar el despertador: eren dos quarts de vuit. Em vaig aixecar ràpidament i, sense perdre temps a dutxar-me, ni a esmorzar, ni a rentar-me les dents tan sols, em vaig vestir a corre-cuita, vaig sortir de l'habitació i vaig anar disparat a la planta baixa.

Ningú no s'havia despertat encara a Villa Candelaria quan vaig sortir al carrer i vaig arrencar a córrer cap a la parada de l'autobús.

* * *

Vaig arribar massa d'hora a casa d'Amalia Bareyo, així que em vaig adreçar cap a un bar de la vora i, havent esmorzat, vaig estar una estona fent temps. La veritat és que em moria de ganes d'acabar el que havia anat a fer allí, però em vaig armar de paciència i vaig esperar que es fessin les nou per abandonar el bar i pujar al pis de la senyora Amalia.

Va ser ella mateixa la qui em va obrir la porta. L'anciana, a l'altre costat del llindar, se'm va quedar mirant fixament sense dir res, amb una expressió ombrívola en el seu rostre arrugat i molt recel en la mirada. Aleshores vaig comprendre que les meves sospites eren certes, i també que ella, ara, sabia que jo havia descobert el seu secret.

—No ha vingut la teva cosina, l'Obregón? —em va preguntar la senyora Amalia amb una veu que pretenia ser ferma, però que va sonar tremolosa.

—S'ha quedat a Villa Candelaria. Puc passar?

En lloc de contestar-me, la velleta es va apartar de l'entrada i va començar a caminar, ranquejant, cap a la sala d'estar. Vaig entrar al pis, vaig tancar la porta i la vaig seguir.

—La meva filla ha sortit —va dir l'Amalia mentre s'acomodava treballosament al seu balancí—, així que, si vols prendre alguna cosa, agafa-ho tu mateix de la nevera.

Em vaig asseure en una cadira, molt recte i una mica enravenat.

—No vull res, gràcies.

—No vols res? Aleshores, per què has vingut?

—Vostè ja ho sap —li vaig contestar.

L'anciana va titubejar, com si volgués dir alguna cosa, però no es va atrevir; el llavi inferior li tremolava. Finalment, va acotar el cap i es va sumir en un negre silenci.

—Va ser vostè, veritat? —vaig dir.

La senyora Amalia va trigar tant a respondre'm que vaig pensar que no havia sentit la meva pregunta, o que no havia volgut sentir-la. Tanmateix, després d'una llarga pausa, va mussitar:

—Sí, vaig ser jo.

Vaig respirar fondo.

—I per què ho va fer? —vaig preguntar.

La velleta va aixecar el cap i em va adreçar una mirada sobtadament desvalguda.

—Sabia que tornaríeu —va dir—; ho vaig saber l'altre dia, tan bon punt us vaig veure entrar al bar —va arronsar les espatlles—. Suposo que, tard o d'hora, algú havia de descobrir el meu secret... Prou temps l'he amagat; una mica més, i me l'emporto a la tomba —va deixar anar un llarg sospir—. Tinc vuitanta-set anys, jove; sóc molt, però que molt vella, i fa tant temps que va passar allò que ja gairebé no ho recordo. Però no em penedeixo de res, d'això pots estar-ne ben segur —va girar la mirada cap al finestral i la va perdre en el blau del cel; sense mirar-me, va continuar—: Aquella nit, la nit que va fugir la senyoreta Beatriz, jo la vaig acompanyar al port. Encara puc veure com es van abraçar ella i el capità Cienfuegos, com n'estaven, de feliços, els petons que es van fer... Quan estava a punt d'embarcar-se en el *Savanna*, la senyoreta va recordar una cosa. Es va acostar a mi i em va dir que s'havia oblidat el collar al calaix secret de l'escriptori; em va demanar que l'agafés i que el donés al seu pare.

—Però vostè no ho va fer.

—No. Vaig agafar el collar l'endemà, el vaig amagar en una capsa i no ho vaig dir a ningú.

—Per què?

—Ni jo mateixa no ho sé... Suposo que, al començament, l'única cosa que volia era tenir el collar un temps, i després tornar-lo. Era tan bonic... Però quan els Mendoza el van reclamar, i fins i tot van posar un plet als Obregón, aleshores em vaig adonar que amagant el collar em podria venjar dels meus amos, i això va ser el que vaig fer.

—Venjar-se dels seus amos... —vaig repetir, sorprès per la rancúnia que destil·laven les paraules de l'anciana—. Tant els odiava?

—Amb tot el meu cor. Eren males persones, jove; gent pagada de si mateixa i sense sentiments. I pots estar ben segur que em vaig alegrar amb cada un dels mals que van patir pel que els vaig fer. S'ho mereixien; això i molt més...

—I la Beatriz? —vaig preguntar—. No l'apreciava?

—És clar que sí; moltíssim, ja t'ho he dit.

—Però vostè va permetre que tothom es pensés que

ella havia robat el collar. Entén vostè d'aquesta manera l'afecte?

Alguna fibra sensible va tocar la meva observació, perquè la senyora Amàlia va arrufar el nas i es va posar a la defensiva.

—La senyoreta va aconseguir el que volia —va objectar, irritada—. Se'n va anar amb l'home que estimava a viure en un país llunyà. Quin mal li podien fer uns quants rumors, aquí, tan lluny d'ella? Cap, jove; jo no vaig fer cap mal a la senyoreta Beatriz.

Vaig sospirar; després de tant temps, no valia la pena censurar aquella dona tan vella. Per molt reprobable que hagués estat la seva conducta, ja era massa tard per fer recriminacions.

—Així que vostè es va quedar el collar —vaig dir—. Què en va fer? El va vendre?

De sobte, la senyora Amalia va aixecar el bastó i, amb la virolla, va descarregar un cop fort al terra.

—No em faltis el respecte, nen! —exclamà, molt enfadada—. Et penses que sóc una lladregota?! Si em vaig quedar el collar, va ser per venjar-me dels Obregón, no per diners. És clar que no el vaig vendre!

Vaig alçar les celles.

—Aleshores, què en va fer...?

La senyora Amalia se'm va quedar mirant de fit a fit durant uns segons. I, repenjant-se en el bastó, es va posar dreta i va començar a caminar cap a la porta.

—Espera't aquí —va dir.

No sé quant de temps vaig esperar, potser no pas més de cinc minuts; al cap d'aquest temps, la velleta va tornar amb una capsa sota el braç.

—Pren —va dir, allargant-me la capsa—. El pots tornar als Obregón, o quedar-te'l, o fer-ne el que vulguis. Jo ja no el necessito per res.

Desconcertat, vaig agafar la capsa i la vaig examinar en silenci; era de llautó, de la mida d'una bombonera, i estava lligada amb un fil. Si s'havia de jutjar per les taques de rovell, semblava molt vella.

—Què vol dir —vaig mussitar—, que aquí hi ha...?

—Sí, és aquí —em va interrompre—. Emporta-te'l d'una vegada, estic fins al capdamunt de tenir-lo. I si els Obregón em denucien a la policia, tant m'és. Digues-los de part meva que ja no són els meus amos, que sóc massa vella i que m'importa un rave el que facin.

Sentia parlar la senyora Amalia, però amb prou feines parava atenció a les seves paraules, ja que tots els meus sentits estaven concentrats en aquella vella capsa de llautó. Lentament, vaig començar a deslligar els nusos que la tancaven.

—No l'obris —m'ordenà l'anciana—. Hi vaig guardar el collar fa setanta anys i, des de llavors, mai no l'he tornat a veure.

—Per què?

—Perquè qui evita la temptació, evita el pecat. Ja no recordo com era el collar, així que no pensis a obrir aquesta capsa davant meu —em va dirigir una mirada esquerpa—. Ara, nen, vés-te'n de casa meva. Toca el dos d'una maleïda vegada i no tornis mai més...

* * *

Mentre tornava a Villa Candelaria, assegut en un

dels seients del darrere de l'autobús, mantenia la capsa de llautó agafada fermament contra el pit. No m'atrevia a obrir-la, d'una banda per no fer-ho a la vista de tothom, però també perquè temia que la velleta m'hagués enganyat i la capsa estigués buida.

Afortunadament, quan vaig arribar a casa no em vaig trobar ningú, i me'n vaig anar directament a la segona planta, em vaig tancar a l'habitació, em vaig asseure al llit i vaig posar la capsa davant meu. La vaig mirar durant uns segons, contenint la respiració, i després vaig començar a deslligar la corda que la mantenia tancada.

Els nusos estaven molt forts i vaig trigar dos o tres minuts a desfer-los. Quan ho vaig aconseguir, vaig deixar a un costat el fil i vaig obrir la capsa. A l'interior hi havia una cosa embolicada en un drap de vellut negre. A poc a poc, amb molta cura, com si estigués manipulant un objecte molt fràgil, vaig apartar el plecs del drap...

I un prodigi va quedar al descobert. Vaig entreobrir els llavis i vaig deixar escapar una mica d'aire, amb els ulls al·lucinats i la mirada clavada en tot aquell or, i en les desenes de diamants que el cobrien, i en les cinc immenses maragdes que semblaven espargir-se sobre la negror del vellut com el plany d'un déu.

Finalment, vaig pensar, al cap de gairebé setanta anys, després de causar tants problemes, tant dolor i tant odi, les Llàgrimes de Shiva havien tornat a Villa Candelaria.

11. Les llàgrimes d'un déu

Més endavant, amb el pas del temps, he gaudit en la meva vida de molts i molts bons moments, però em sembla que cap no ha estat tan gran, tan intens i satisfactori com el que vaig viure aquell dia a Villa Candelaria.

El primer que vaig fer va ser reunir les meves cosines. Quan vaig tenir les quatre germanes al davant, a la meva habitació, vaig treure el drap de vellut negre, el vaig desembolicar amb una lentitud deliberada i, com un il·lusionista que treu un conill del barret, els vaig ensenyar triomfant les Llàgrimes de Shiva.

La Rosa, la Margarita, la Violeta i l'Azucena van obrir la boca alhora i es van quedar mirant el collar estupefactes. La primera a reaccionar va ser la Violeta; s'hi va acostar, va fregar amb el tou dels dits una de les maragdes, potser per assegurar-se que era real, i em preguntà:

—On l'has trobat?

Bé, precisament aquesta era la pregunta la resposta

de la qual havia estat meditant profusament abans de revelar la meva troballa. Com és lògic, no podia parlar de la intervenció del fantasma de la Beatriz, almenys si no volia acabar explicant els meus somnis més tèrbols a un deixeble de Freud. D'altra banda, tampoc no volia inculpar la senyora Amalia Bareyo; no perquè em caigués bé (la veritat és que em semblava una vella força antipàtica), sinó perquè aquella dona era massa gran per pagar ara el que havia fet quan només era una adolescent. Així que vaig optar per simplificar la veritat, que és una manera com una altra qualsevol de mentir.

—El vaig trobar a les golfes —vaig dir a les meves cosines—. Era a l'escriptori; hi havia un altre calaix amagat al costat dret.

La Violeta em mirà amb estranyesa, com si alguna cosa no li quadrés, però just en aquell moment la Rosa i la Margarita van començar a parlar alhora, molt excitades, i van agafar el collar, i se'l van emprovar davant el mirall de l'armari i, de sobte, l'habitació es va convertir en una festa, amb les meves cosines, i jo mateix, muntant un petit enrenou al voltant d'aquella joia prodigiosa.

Finalment, quan els ànims es van asserenar una mica, la Violeta va anar a buscar els seus pares i els va conduir a la sala sense dir-los per a què. Allí, perplexos i desconcertats, els vam tenir esperant uns minuts; aleshores, vam entrar la Rosa, la Margarita i jo, vam estendre els braços cap a la porta, com uns ballarins que presenten una vedet, i l'Azucena va aparèixer per la porta, amb un somriure tímid als llavis i les Llàgrimes de Shiva penjades al coll.

Al començament, els meus oncles no van veure el collar; després, quan el veieren, van trigar uns instants a comprendre què era i, quan ho comprengueren, senzillament es van quedar de pedra.

—Déu meu... —va mussitar la tieta, acostant-se la mà a la boca amb un gest de sorpresa.

—La mare que em va parir! —va cridar l'oncle Luis amb els ulls oberts com taronges.

* * *

Com era d'esperar, vaig haver d'allargar-me en tot tipus d'explicacions, tot i que la versió que vaig contar, per descomptat, ometia molts detalls. En resum, la cosa era així: arran de trobar el text escrit en l'exemplar de *Frankenstein,* la Violeta i jo ens vam posar a buscar en el traster els objectes personals de Beatriz Obregón. Vam trobar la carta al buró, vam localitzar Amalia Bareyo a través de la senyora Ramona, vam descobrir que la Beatriz havia fugit amb el capità Cienfuegos i, finalment, jo vaig trobar les Llàgrimes de Shiva en el segon compartiment de l'escriptori.

Quan vaig acabar el meu relat, enmig d'un sepulcral silenci, l'oncle Luis va agafar el collar, es va asseure a la vora de la butaca i va romandre una llarga estona mirant fixament aquella joia resplendent.

—És una meravella —va dir finalment—. I deu costar un ronyó... —va mirar la seva dona—. Quant creus que pot valdre, Adela?

La tieta va arronsar les espatlles.

—No ho sé. Milions, suposo.

L'oncle Luis va contemplar un altre cop el collar i va contenir la respiració; després, va moure el cap alhora que deixava anar l'aire.

—Vénen ganes de quedar-se'l —va dir—. Però farem una cosa millor —es va posar dret i, tot d'una, va començar a impartir un reguitzell d'ordres—: Vinga, poseu-vos ben maques, que anem de visita. De pressa, nenes, no us quedeu aquí aturades mirant-me! —es va girar cap a mi—. Tu també véns, Javier; en cinc minuts vull veure't fet un pinzell —es va tombar cap a la dona—: Vaig a afaitar-me, Adela. I tu afanya't a canviarte, que vull sortir al més aviat possible.

—Però, on anem? —va preguntar la tieta, intercanviant una mirada amb les seves filles.

—On anem...? —l'oncle Luis va començar a caminar cap a la planta superior i va respondre—: Anem a fer una visita a Germán Mendoza.

* * *

Els Mendoza vivien no gaire lluny de Villa Candelaria, en un palauet sumptuós envoltat per un extens jardi francès. Vam arribar allí a mig matí, els meus oncles, les meves cosines i jo, tots de vint-i-un botó. L'oncle Luis va preguntar per Don Germán al majordom que ens va obrir la porta, i ell ens va suggerir que esperéssim a la sala, però el meu oncle va dir que preferia esperar al vestíbul, així que el servent, una mica desconcertat, va anar a buscar el seu amo.

Don Germán va arribar uns minuts més tard, seguit pel seu fill Gabriel. Després de contemplar-nos com si fóssim una desagradable invasió d'escarabats, el patriarca dels Mendoza va preguntar amb sequedat a l'oncle Luis:

—Bé, què vol?

—Aclarir un vell assumpte —va replicar l'oncle, sostenint amb fermesa la mirada de Don Germán—. Des de fa molts anys, els Mendoza s'han dedicat a calumniar la meva família, acusant-nos d'haver robat el regal de compromís que un dels seus avantpassats va fer a Beatriz Obregón. Doncs bé...

Després d'una pausa una mica melodramàtica, l'oncle Luis va treure de la butxaca les Llàgrimes de Shiva i les va lliurar a Don Germán, que va agafar la joia amb una expressió d'absoluta perplexitat en el rostre.

—Avui mateix —va prosseguir l'oncle Luis—, el meu nebot Javier ha trobat el collar. Estava amagat en un moble que va pertànyer a Beatriz Obregón; ningú no sabia que era allí. Per tot això, vull deixar tres coses clares. Primera: la meva avantpassada Beatriz Obregón no va robar res i, si vol la meva opinió, va fer bé de deixar plantat un Mendoza al peu de l'altar. Segona: entre els Obregón no hi ha lladres, però ara està més clar que entre els Mendoza sí que hi ha difamadors. Tercera i última: aquí té el maleït collar. I ja sap per on se'l pot posar —va inclinar el cap cortesament i va afegir—: Que passi bon dia, senyor Mendoza.

Dit això, l'oncle Luis va girar en rodó, va obrir la porta i, tan digne com un rei, va abandonar el palauet. Rere seu vam sortir la seva dona, les seves filles i jo, i enrere es va quedar Don Germán, mirant sorprès el collar que tant temps havia estat extraviat.

* * *

L'oncle Luis estava exultant. Quan vam sortir de la residència dels Mendoza, se'm va apropar, em va encaixar la mà amb solemnitat i va declarar:

—Encara no t'he donat les gràcies, Javier; però, en trobar el collar, m'has proporcionat la satisfacció més gran de la meva vida. Així que gràcies, nebot, moltíssimes gràcies —es va girar cap a la resta de la família i va alçar els braços com si anés a pronunciar un discurs—. Acabem de desfer-nos d'una fortuna —va dir—, i això s'ha de celebrar. Us convido a una mariscada —va somriure d'orella a orella—. Heu vist quina cara li ha quedat a Germán Mendoza? Això es mereix festa gran!

Va ser un dia perfecte. Vam dinar en un restaurant del port i després vam anar a buscar els banyadors a Villa Candelaria i vam fer cap tots plegats a la platja. L'oncle Luis va llogar una llanxa; vam recórrer la costa fins al far, i vam fer esquí aquàtic, i encara que jo no vaig parar de caure, el cert és que va ser un dia molt, molt, molt especial.

Vam tornar a casa al vespre. L'oncle, feliç com un nen, va insistir a convidar-nos a sopar a Puerto Chico, però abans vam anar a les habitacions per banyar-nos i canviar-nos de roba. I allí era jo, a la meva habitació, acabant-me de vestir, quan de sobte van trucar a la porta. Era la Violeta; va entrar-hi sense dir res, se'm va quedar mirant d'una manera estranya i va comentar:

—Encara no hem pogut parlar tots dos sols.

—És clar, amb tant enrenou...

—Doncs porto tot el dia que et vull dir una cosa.

—Què?

—Que ets un mentider.

Vaig fer un bot.

—Per què dius això? —vaig preguntar amb fingida innocència.

La Violeta va encreuar els braços.

—Perquè fa un parell de dies vaig pujar sola a les golfes. Vaig estar fent un cop d'ull a l'escriptori de la Beatriz i vaig trobar el segon compartiment secret. I saps què? Era buit.

—Ja... —vaig mussitar.

La Violeta em mirà fixament, amb la cella arrugada.

—On has trobat el collar, Javier? —va preguntar—. I digues-me la veritat.

Què podia fer? Dir-li la veritat, és clar; així que li vaig explicar amb els tots els ets i uts l'aparició nocturna del fantasma de la Beatriz, i els detalls de la meva trobada amb Amalia Bareyo. Quan vaig concloure el relat, la Violeta, amb el rostre enrogit, em va preguntar:

—De debò vas veure la Beatriz...?

—Sí.

—I com era?

—Com en el quadre.

—Però es transparentava, o una cosa semblant?

Vaig moure el cap.

—No, era més aviat com si estigués sempre en ombres. Però semblava de carn i os, i tanmateix no feia cap soroll.

La Violeta va deixar escapar un sospir.

—Al capdavall —va dir—, la Beatriz només volia que recuperéssim el collar —va perdre la mirada—. M'hagués agradat de veure-la...

—Doncs al primer moment, quan la vaig veure, gairebé m'agafa un infart.

Va somriure.

—I aquesta bruixa de la senyora Amalia? —va dir, canviant de tema—. Quina filla de sa mare... Però has fet bé de no dir a ningú que ella va ser la lladre. Ja en té prou, la punyetera vella, consumint-se en la seva mala bava. Quina dona, mira com ha fet la guitza a la meva família.

—Bé, però tot ha acabat bé —vaig observar.

—Sí... —va assentir la Violeta.

Tot d'una ens vam quedar sense dir res, silenciosos, l'un davant de l'altre, mirant-nos als ulls. I jo em vaig sentir sobtadament torbat, com si una idea estranya se m'hagués esmunyit d'amagatotis en la meva ment, i em va semblar entreveure una estranya lluïssor en la mirada de la meva cosina, i el cor, sense cap raó, em va començar a batre més ràpidament.

Aleshores, la veu de l'oncle Luis ens va arribar a través de la porta, apressant-nos per sortir al més aviat possible. La Violeta i jo ens vam escurar el coll, una mica astorats; ella va començar a caminar cap a la seva habitació, i jo em vaig girar perquè no em veiés la cara, ja que, per algun motiu que llavors no vaig captar, m'havia posat vermell com un tomàquet.

* * *

Gabriel Mendoza, el fill de Don Germán, es va presentar l'endemà a Villa Candelaria. Volia parlar amb l'oncle Luis, però també amb la resta de la família, així que ens vam reunir tots a la sala. En Gabriel s'havia tallat els cabells i portava una jaqueta i corbata, suposo que per donar més formalitat a la seva visita, ja que se'l veia clarament incòmode amb aquella vestimenta, i també molt nerviós.

—Se-senyor Obregón —va dir, refrenant un conat de tartamudeig—; la veritat és que no sé el que pensa el meu pare, ni el que farà, però jo tinc molt clar quin és el meu deure —després d'escurar-se el coll, en un to una mica monòton, com si recités un discurs assajat, va continuar—: Com a primogènit de la família Mendoza li vull demanar perdó per tot el mal que hem pogut fer a la seva família. Les acusacions que els Mendoza han estat difonent, des de fa moltes dècades, contra els Obregón, no tenien fonaments, així que li dono la meva paraula que faré tot el que estigui en les meves mans per restaurar l'honor de la seva família i esmenar els errors de la meva. Per tant, en nom meu, i en nom dels meus, li prego que accepti les nostres més sentides disculpes.

En concloure el seu discurs, en Gabriel es va empassar saliva i es va quedar mirant expectant l'oncle Luis. Aquest, amb un beatífic somriure en el rostre, va assentir lleument.

—D'acord —va dir—; accepto les disculpes.

En Gabriel va canviar el pes del cos d'un peu a l'altre i va mirar fugaçment la Rosa.

—Hi ha una cosa més, senyor Obregón; és so-so...

—va tornar a empassar-se saliva per controlar el tartamudeig i va prosseguir—: És sobre la seva filla Rosa.

L'oncle Luis va alçar una cella.

—Doncs miri —en Gabriel va respirar profundament i, agafant valor, va declarar—: Estic enamorat de la Rosa, l'estimo moltíssim. I això no li hauria d'estranyar, ni a vostè ni a ningú, perquè la seva filla és bonica, i intel·ligent, i sensible, i encantadora, i... Bé, vostè ja la coneix. El que és estrany és que la Rosa també m'estima. En fi, és inexplicable, ja ho sé, però he tingut aquesta sort. El cas és que vull festejar amb la seva filla i m'agradaria tenir el seu consentiment, senyor Obregón... Però no el vull enganyar: amb la seva aprovació o sense, res del món no podrà impedir que jo estigui amb la Rosa... Tot i que, és clar, preferiria que vostè ho aprovés...

L'oncle Luis va moure el cap i va mirar fixament en Gabriel, com si posseís visió de raigs X i volgués contemplar el seu interior. Durant uns segons, tots vam contenir la respiració, expectants, en mig d'un sepulcral silenci. De sobte, l'oncle es va girar cap a la seva filla i li va preguntar:

—A tu t'agrada aquest noi, Rosa?

—Sí —va respondre ella a l'instant—. M'agrada molt.

—Doncs a mi també —va afirmar l'oncle amb un somriure.

Us imagineu una goma elàstica molt tesada que, de sobte, es destesa? Doncs això va passar a la sala de Villa Candelaria. Tots els presents vam exhalar alhora l'aire que fins aquell moment havíem aguantat als pulmons, i vam començar a somriure els uns als altres amb cara de babaus. Si hagués estat una pel·lícula, en aquell moment haguessin sonat els violins; reconec que em va fer feredat com s'estava posant de cursi, l'ambient.

L'oncle Luis va picar de mans per cridar la nostra atenció i ens va dir que, com que estava de molt bon humor, ens tornava a convidar a dinar al port. Per descomptat, en la invitació també hi va incloure Gabriel Mendoza, que acceptà encantat de la vida, semblava com si flotés en un núvol; però aleshores l'oncle Luis va aixecar el dit índex de la mà dreta i el va advertir:

—Compte, noi; que jo et doni permís per sortir amb la meva filla no ho soluciona tot. Què dirà el teu pare de tot això?

En Gabriel va mirar la Rosa i de nou a l'oncle Luis.

—Si li he de ser franc, senyor Obregón —va respondre—, m'importa un rave el que digui el meu pare.

12. L'Azucena

Durant les tres setmanes que van seguir als esdeveniments que acabo de relatar, la meva estada a Santander es va convertir, finalment, en unes autèntiques vacances. Les pluges no van tornar i la vida a Villa Candelaria va recobrar la seva calma habitual; l'oncle Luis construïa les seves màquines impossibles, la tieta Adela continuava escoltant (ja sense sospirar) Txaikovski; la Rosa i en Gabriel es veien cada dia, i la Violeta i jo passàvem gairebé tot el temps junts.

Anàvem a la platja, fèiem excursions, passejàvem, intercanviàvem llibres, conversàvem al porxo al capvespre, fins que els mosquits ens obligaven a buscar refugi a casa. Ella procurava de no esbroncar-me i jo feia el possible per no donar-li motius per fer-ho. Suposo que aquella concòrdia es devia, almenys en part, a l'estranya aventura que havíem protagonitzat en desxifrar el misteri de les Llàgrimes de Shiva, i també al secret que ens unia, aquell fantasma l'existència del qual només la Violeta i jo coneixíem.

Va ser un temps de pau, un temps mandrós i sensual, com una llarga migdiada. Durant aquell final d'estiu, els dies passaven tan iguals entre ells, tan pausadament, que semblava com si només hi hagués un únic i llarguíssim dia, seguit d'una infinita nit. Em sembla que, des de llavors, així m'imagino jo l'eternitat.

Però no tot va ser pau i calma. Va haver-hi, de fet, un incident que, tot i que va ser una mica ridícul, va acabar portant-me de dret a la comissaria. Va passar un dissabte al matí, quan les platges eren més plenes. La Violeta, l'Azucena i jo anàvem a banyar-nos i, inesperadament, ja que no era el seu costum, la Margarita va decidir venir amb nosaltres. El cas és que vam arribar a la primera platja, vam estirar les tovalloles damunt la sorra i ens vam desvestir. Aleshores, en treure's la brusa i els pantalons curts, vam descobrir que la Margarita portava posat un biquini realment petit. No és que fos escandalós, però aquells eren uns altres temps, i no precisament gaire tolerants.

La Marga, igual que una deessa pagana, es va estirar a la tovallola, va tancar els ulls i es va posar a prendre el sol tranquil·lament, aliena a l'expectació que estava aixecant. Al cap d'uns minuts, tots els homes menors de vuitanta anys que hi havia a la platja van començar a desfilar per davant d'on era la meva cosina, fent veure que anaven a la seva, però sense deixar de mirar-la dissimuladament. Al mateix temps, les veïnes que ens envoltaven es van posar a xiuxiuejar en to ofès, procurant, això sí, que ens arribessin ben clares certes paraules clau, com *desvergonyida, immoralitat* o *escàndol*.

Eren uns altres temps, ja ho he dit, i prova d'això és que, mitja hora més tard, va aparèixer un guàrdia municipal, es va acostar a la Margarita i li va dir en to autoritari:

—Senyoreta, faci el favor de tapar-se.

La meva cosina el va mirar com si, en lloc d'un policia, fos un insecte particularment desagradable.

—Si em tapo, no em tocarà el sol —va replicar—, i em vull posar morena.

L'agent, d'uns quaranta anys, passat de pes i d'expressió adusta, va arrugar la cella.

—Miri que sóc l'autoritat, eh? —va advertir—. Deixi's de ximpleries i posi's la roba, que està muntant un espectacle.

—No, perdoni —va replicar la Marga—, jo era aquí prenent el sol sense fer la guitza a ningú; l'escàndol, l'està muntant vostè.

El policia va parpellejar, desconcertat; suposo que no estava acostumat que el tractessin amb tan poc respecte.

—Obeeixi d'una vegada, jove —va grunyir—, o em veuré obligat a detenir-la...

—Ah, sí? Doncs detingui'm, perquè jo no em penso moure d'aquí.

Dit això, la Margarita va tancar els ulls i va continuar prenent el sol com si res. De mica en mica, s'havia format un cercle de curiosos al nostre voltant; els més joves van començar a aclamar la Margarita, mentre que els de més edat es posaven de part del policia. Aquest mirava al voltant amb un desconcert patètic. Tenia dues alternatives: provar d'emportar-se a rossegons una noia molt lleugera de roba, o bé quedar en ridícul davant de tothom.

Finalment, potser intentant salvar la seva malparada dignitat, va aferrar la Margarita pel braç i va començar a estirar-la per provar d'aixecar-la. La Violeta i jo, que fins aleshores havíem estat testimonis muts del contratemps, vam córrer a defensar la Margarita. L'agent es va posar aleshores a forcejar amb nosaltres i va apartar la Violeta d'una empenta. I de sobte, com si s'hagués convertit en una gata salvatge, l'Azucena va saltar al damunt del policia i el va mossegar amb tota la seva força al braç.

En resum: vam acabar tots a la comissaria i va haver de venir l'oncle Luis a treure'ns d'allí. De tornada a casa, mentre conduïa, l'oncle ens va esbroncar durament, en particular a la Margarita; tanmateix, malgrat el seu aparent enuig, per un moment em va semblar veure en la seva mirada una mena de somriure ocult, com si en el fons s'ho passés bé, o fins i tot aprovés el comportament de la seva filla.

Uns dies després, Abraham Bárcena, l'amo d'El Cormorán, ens va convocar a la Violeta i a mi a la botiga per ensenyar-nos una cosa. Pel que sembla, rebuscant entre els àlbums de records d'un amic seu, havia trobat una foto en la qual potser hi havia Simón Cienfuegos, el capità del *Savanna*.

—No és segur que sigui ell, mariners —ens va advertir en Bárcena—. Vaig trobar la foto a casa del meu amic Lucas Leiba, un vell llop de mar retirat. La foto deu ser de les darreries del segle XIX. Mireu...

La Violeta i jo ens vam inclinar alhora per contemplar la fotografia que en Bárcena havia posat al damunt del taulell. Hi havia un grup de vuit mariners posant davant dels molls.

—Qui és Cienfuegos? —vaig preguntar.

—Doncs qui ha de ser, grumet? —va respondre en Bárcena—. L'únic negre que hi ha.

La foto era de color sípia i no estava massa nítida; tanmateix, en fixar-m'hi bé, vaig descobrir que, en efecte, tenia la cara més fosca que els altres. Era un home molt alt (els treia un cap a la resta), ample d'espatlles i amb els cabells arrissats. Portava una jaqueta creuada i a la mà aguantava una gorra de capità. Les seves faccions eren enèrgiques, amb el mentó quadrat, els llavis carnosos, el nas recte i uns ulls grossos i intensos.

D'acord, era un tipus musculós, però tampoc no em va semblar gran cosa. Opinió que, per descomptat, no va compartir la Violeta. Havent contemplat la fotografia durant molta estona, va aixecar el cap, va somriure encantada i va deixar anar un sospir.

—No m'estranya que la Beatriz se n'enamorés... —va murmurar.

I es va passar la resta del dia amb el cap en una altre lloc i una expressió somiadora en la mirada. Però, en fi, així són les dones de vegades.

* * *

Els dies transcorrien a poc a poc i l'estiu aviat va començar a escurçar-se. Un matí dels darrers dies d'agost, la mare va trucar per dir-me que, segons el metge, el pare ja estava pràcticament restablert i que, per tant, jo podia tornar a casa, així que m'havia comprat un bitllet de tren per al cinc de setembre.

Abans d'acomiadar-se, va afegir que tenia moltes ganes de tornar-me a veure.

Jo també trobava a faltar la meva família; tanmateix, conèixer la data de la meva tornada em va produir una sensació estranya, una mica malencònica. Vaig explicar a la tieta Adela el que m'havia dit la mare i després vaig anar a la sala, on vaig estar una bona estona assegut al sofà, mirant pel finestral sense pensar en res.

Al cap de mitja hora va aparèixer la Violeta; gairebé no la vaig reconèixer, ja que s'havia arreglat els cabells i portava una brusa estampada molt maca i una faldilla. Era la primera vegada que la veia sense els seus eterns texans, i he de reconèixer que estava guapíssima.

—La mare diu que te'n vas a Madrid divendres que ve —va comentar amb aparent indiferència.

—El pare està molt millor —vaig assentir.

—Me n'alegro. Vull dir que m'alegro que el teu pare estigui bé —va fer una pausa—. Així que te'n vas d'aquí a sis dies... Vaja, ara que començava a acostumar-me a tu...

—Sí, sóc com els gossos —vaig replicar amb ironia—; se'ns acaba agafant afecte.

La Violeta va somriure i es va asseure al meu costat.

—Bé, com t'ho has passat? —va preguntar.

—Genial. Han estat unes vacances fantàstiques; he vist un fantasma, he trobat una joia que val una fortuna i m'ha detingut la policia. No es pot demanar més a unes vacances.

—Has estat a gust aquí, a Villa Candelaria?

—Molt. Els teus pares són fenomenals i les teves germanes molt simpàtiques.

La Violeta va moure el cap i em mirà de reüll.

—I res més? —va preguntar.

Vaig arronsar les espatlles.

—Bé, la teva mare cuina molt bé...

La meva cosina es va passar una mà pels cabells; de sobte, semblava un pèl exagerada.

—I què en penses, de mi? —em preguntà, mirant-me als ulls.

La veritat és que em sentia una mica incòmode; a què venien tantes preguntes?

—Doncs..., ens ho hem passat bé junts, oi? —vaig gargamellejar—; amb tot això de les Llàgrimes de Shiva i el fantasma, vull dir. Hem estat com Sherlock Holmes i el doctor Watson —vaig fer una pausa i em vaig apressar a aclarir—: Jo seria Watson, és clar. Bé, que em caus molt bé... i que ets una bona amiga.

La Violeta es va incorporar bruscament i va posar els braços fent nanses.

—Et caic molt bé? —em va engegar, posant molt d'èmfasi en la paraula *molt*—. Sóc una bona amiga? —va respirar fondo, com una locomotora deixant el vapor, i va exclamar—: Doncs tu em caus fatal! Tens menys sensibilitat que un talòs i ets un... un..! —va boquejar unes quantes vegades, com si no aconseguís trobar un adjectiu prou insultant, i va concloure—: Vés-te'n a la merda!

Dit això, es va girar i va abandonar dignament la sala. I jo em vaig quedar assegut al sofà, amb cara de beneit, preguntant-me que podia haver fet per enfurir-la tant. Aleshores, algú va dir:

—Ets idiota.

Vaig tombar el cap i vaig descobrir l'Azucena, que era a un parell de metres a la meva dreta, al costat d'una gran butaca d'orelles. Ja que aquella nena mai no havia desenganxat els llavis davant meu, al començament no la vaig relacionar amb la veu que em va insultar. Però, aleshores, l'Azucena va obrir la boca i va repetir:

—Ets un idiota.

Em vaig quedar de pedra. Durant dos mesos, aquesta nena no havia dit ni una paraula, i ara, quan es decidia a parlar, ho feia per insultar-me.

—Per què ho dius, això?

—Perquè ho ets. Tots els nois ho sou, però tu ets el campió dels idiotes.

—D'acord, sóc idiota. Però, què he fet ara?

—No adonar-te de res.

—I de què havia d'adonar-me?

—Que li agrades a la meva germana.

—A quina germana? —vaig preguntar ximplement.

—Doncs a qui ha de ser? A la Violeta, imbècil!

Vaig obrir molt els ulls.

—Que li agrado a la Violeta...? Si no para d'esbroncar-me...

—Però li agrades —va replicar ella arronsant les espatlles, com si considerés un dels grans misteris de la vida que jo pogués agradar a algú.

—I tu com ho saps? —vaig preguntar.

—Perquè tinc ulls a la cara. Només cal mirar la Violeta per veure el que sent per tu. No t'has fixat que guapa que s'ha posat avui per parlar amb tu, tros d'ase? I tu sense adonar-te'n... Però el pitjor de tot és que ella també t'agrada a tu, i tampoc no te n'has adonat.

Dit això, l'Azucena em va contemplar amb menyspreu, va moure el cap, es va girar i va abandonar la sala. I jo em vaig quedar més desconcertat que un bus al desert. Li agradava a la Violeta? Em semblava impossible, però en realitat la pregunta important era una altra: m'agradava a mi la Violeta? La Violeta era molt guapa, vaig reflexionar, però tenia un caràcter insuportable, tot i que era molt intel·ligent, això sí. I molt capità manaies, però també era divertida; i impacient, però bona conversadora, i...

A la porra!, vaig decidir de sobte. No feia falta enumerar els pros i els contres, sinó mirar dins meu i preguntar-me pels meus sentiments. Així ho vaig fer, i no vaig haver de reflexionar gaire per descobrir que, en efecte, la Violeta m'agradava, i molt. Comprendre aquesta veritat tan senzilla em va deixar aclaparat. L'Azucena tenia raó en el que jo sentia per la seva germana, vaig pensar. Però, aleshores, no tindria raó també en els sentiments de la Violeta cap a mi...?

* * *

No em vaig molestar a buscar-la al jardí, ni a la seva habitació, ja que des del començament sabia on era. Em vaig dirigir a l'escala, vaig pujar els esglaons de dos en dos fins a arribar a la planta alta, vaig travessar la terrassa i vaig obrir la porta de la torre. La meva cosina era dreta al costat d'uns finestrals, contemplant el mar llunyà. No podia veure-li la cara perquè estava d'esquena a mi.

—Violeta... —vaig dir.

—Què vols? —va contestar en to sec, sense girar-se.

—Doncs... Parlar amb tu.

Va haver-hi un petit silenci. De sobte, la meva cosina es va girar en rodó i es va acostar a mi.

—Vols parlar amb una bona amiga? —va preguntar en to sarcàstic, mentre movia amenaçadorament un dit davant meu—. Vols parlar amb aquesta bona amiga que et cau molt bé? Perquè si és això el que vols, més val que ho vagis a explicar a un dels teus estúpids marcians!

La vaig mirar als ulls. Tenia mal geni, les coses com són, però era tan bonica com l'aurora.

—Perdona, ho sento —em vaig disculpar—; no volia dir això... Em caus molt bé. No, molt millor que bé... I no ets tan sols una bona amiga, almenys per a mi...

La Violeta va arrugar la cella.

—Aleshores, què sóc?

—Doncs... —vaig vacil·lar—. Ets... Bé, jo... i tu... Ja saps, tu i jo... En fi...

De sobte, em vaig quedar mut. El valor havia fugit de mi com un conill d'un llebrer, les cames em feien figa i era incapaç d'articular cap paraula. La Violeta em va contemplar molt seriosa durant un llarg i incomodíssim minut; després, va moure el cap i va exclamar:

—Però mira que ets ximple!

I em va fer un petó.

Al començament, va ser un petó lleu, els seus llavis contra els meus i les mans entrellaçades en la meva cintura. Després, de primer amb timidesa, amb obert atreviment més tard, les llengües van creuar la frontera de les dents, i jo la vaig estrènyer entre els meus braços, i ella em va acariciar l'esquena, i jo vaig acariciar l'íntima calidesa de la seva pell. Estava molt excitat, i molt nerviós, i terriblement feliç; tant que de sobte em vaig posar a plorar.

No és que ploriquegés, ni res per l'estil; el que va passar és que, tot d'una, els ulls se'm van emplenar de llàgrimes, i les maleïdes llàgrimes van començar a relliscar per les galtes, així que em vaig apartar de la meva cosina i vaig moure el cap per amagar el rostre.

—Què et passa? —em preguntà.

—Res —vaig contestar mentre m'assecava les llàgrimes amb la mà—, que m'ha entrat alguna cosa a l'ull...

Ens vam quedar en silenci. Jo no sabia on posar-me, perquè no aconseguia deixar de plorar, i ella no deixava de mirar-me amb un tènue somriure als llavis. Al cap d'uns segons, em va abraçar i em va dir a cau d'orella:

—De vegades, els sentiments són tan intensos que fan mal. Però no has de tenir vergonya de demostrar-los, Javier; a mi m'agrada que siguis així...

Teníem la mateixa edat, però la Violeta era infinitament més sàvia que jo, i va saber tenir paciència per a ensenyar-me.

Vaig descobrir moltes coses aquell estiu, i no tan sols un collar perdut. Vaig descobrir que el paradís es pot trobar en el tacte d'una pell suau, que les carícies són més fortes que els cops, que els petons et poden fer volar; vaig descobrir que hi havia sentiments insospitats en mi, que es pot riure i plorar alhora, que és tan excitant estimar com ser estimat; vaig descobrir, en definitiva, una cosa tan simple i tan complexa, tan vulgar i tan extraordinària, tan dolça i tan amarga, com l'amor.

* * *

He de reconèixer que aquesta és la típica història amb un final fastigosament feliç; però, què he de fer? Així van passar els fets. Fora d'això, què va ser de les meves cosines, de «les quatre flors», com les anomenava la seva mare?

La Rosa i en Gabriel van continuar junts, ja sense amagar la seva relació, i a la tardor van anar a Madrid per estudiar Arquitectura. Cinc anys més tard, es van casar. Jo hi vaig anar i encara conservo la foto dels nuvis. Hi ha en Gabriel, amb vestit i corbata, els cabells i la barba acabats de tallar i una expressió riallera al rostre. Al seu costat hi ha la Rosa, vestida amb el vestit blanc de Beatriz Obregón, el mateix que vam trobar la Violeta i jo a les golfes.

De fet, en aquella foto la Rosa s'assembla moltíssim a la Beatriz, i hi contribueix el fet que la més gran de les meves cosines portava al coll un collar d'or, diamants i maragdes. Sí, aquest va ser el regal de compromís que en Gabriel va fer a la Rosa: les Llàgrimes de Shiva. I, si ens parem a pensar-ho, resulta una mica irònic. El collar, el va regalar Sebastián Mendoza a Beatriz Obregón el 1901, però la Beatriz va fugir i les Llàgrimes de Shiva van estar perdudes durant seixanta-vuit anys. Després, jo vaig trobar el collar i l'oncle Luis el va tornar als Mendoza; però, finalment, les Llàgrimes de Shiva van tornar a mans d'una Obregón amb motiu d'un casament.

Tants embolics i tant renou perquè, finalment, les coses es quedessin igual que al començament? Bé, així és la vida.

La Margarita se'n va anar a estudiar fora de Santander, però no a Madrid, sinó a París; pel que fa a l'Azucena... Bé, aquesta noia sempre va ser una mica rara, però molt brillant. Va estudiar enginyeria, com el seu pare, i va acabar treballant a la NASA. Suposo que ella és el més a prop que estaré jo del meu tan estimat programa espacial.

I ja tan sols ens queda parlar de la Violeta i de mi, és clar. El cas és que la Violeta i jo, després de tot, vam acabar... Però això, com deia Rudyard Kipling, és una altra història.

Ara, al cap de tant temps, comprenc amb nitidesa l'important que va ser per a mi aquell estiu, quant em va canviar la meva estada a Villa Candelaria, i la manera que em va fer madurar la relació que vaig tenir amb les meves cosines. Suposo que vaig créixer, i això va significar perdre una cosa molt valuosa a canvi d'una altra de no tan important. Encara avui em pregunto si hi vaig sortir guanyant o perdent amb el canvi, tot i que potser no tingui gaire sentit plantejar-s'ho, ja que és una cosa que passa inevitablement.

Tot canvia, res no roman, com solia dir el meu professor de filosofia, i l'estiu de 1969 va arribar al seu final. Divendres de la primera setmana de setembre, molt d'hora, els meus oncles i les meves cosines em van acompanyar a l'estació. Vam recórrer l'andana en silenci, fins que ens vam aturar en arribar a l'alçada del vagó que jo tenia assignat. Vaig deixar la maleta al terra i em vaig acomiadar, un per un, dels Obregón.

L'oncle Luis em va estrènyer la mà i després em va fer una forta abraçada; la tieta Adela va posar dos sonors petons a les meves galtes i se li van escapar unes llàgrimes; la Rosa també em va fer uns petons, però abans de separar-se em va donar les gràcies a cau d'orella. Pel que fa a la Margarita, em va fer l'ullet, l'Azucena no va dir res, però em va somriure, la qual cosa en el seu cas suposo que era un inesperat tret d'eloqüència.

I la Violeta... La Violeta se'm va acostar, em va mirar llargament i, de sobte, em va fer un petó a la boca, davant dels seus pares. Em vaig quedar glaçat; de cua d'ull vaig veure que la tieta Adela posava cara de sorpresa (i d'horror) i es disposava a renyar-nos, però també vaig veure que l'oncle Luis somreia amb grat i feia un gest a la seva dona perquè ens deixés en pau, així que em vaig relaxar i vaig tornar el petó a la meva cosina.

Aleshores va sonar el xiulet de la locomotora, anunciant que s'acostava la partida, i la Violeta i jo ens vam separar, a poc a poc, de mala gana. Ella es va quedar mirant-me, va somriure i va dir en veu baixeta:

—T'estimo, cosí.

Li vaig tornar el somriure.

—I jo a tu també, cosina —vaig respondre.

Després, el xiulet va tornar a sonar i jo vaig pujar al tren a corre-cuita. Vaig deixar la maleta al meu compartiment i em vaig abocar a la finestreta just quan el tren es posava en marxa. Vaig alçar una mà i la vaig moure, fent adéu als meus oncles i a les meves cosines.

I aleshores, de sobte, a mesura que el tren s'allunyava, vaig percebre un perfum familiar, una intensa i delicada aroma de nards, i vaig saber que, a part d'aquells a qui podia veure a l'andana, hi havia algú més que s'acomiadava de mi a l'estació.